Droit au cœur

118, avenue Achille-Peretti – CS 70024
92521 Neuilly-sur-Seine Cedex
www.michel-lafon.com

Fabienne Roy-Nansion
&
Anne-Lise Carlo

Droit au cœur

Préface de Éric Dupond-Moretti

Toutes les citations non sourcées sont issues d'entretiens directs avec les auteurs.

Michel LAFON

À Romane, à Thibault,
à ceux que j'aime.

Préface

Je n'ai que peu l'habitude d'écrire sur mes confrères ou consœurs. Mais Fabienne Roy-Nansion tient une place à part dans mon histoire professionnelle. Ce que nous avons vécu ensemble dans les cours de justice du Nord-Pas-de-Calais et, avant même de nous connaître, nous rapproche, nous lie de manière presque indicible.

Fabienne, je ne l'imagine pas ailleurs qu'à Boulogne-sur-Mer. Ce territoire où elle ne s'est certainement pas installée par hasard. Je ne la vois pas un seul instant à Lille ou ailleurs. Et ce n'est ni péjoratif ni par parisianisme que je me permets d'écrire cela. De mon côté, j'ai changé de vie, mais je garde des attaches personnelles avec le Nord. J'ai aussi conservé un lien très fort avec mon barreau lillois d'origine, et je sais à quel point une terre comme celle-ci peut vous prendre aux tripes pour ne plus vous lâcher.

Dans les prétoires, la rectitude de Fabienne, son honnêteté, sa parfaite connaissance de ses dossiers m'ont toujours impressionné. Mais ce qui m'intéresse le plus, c'est qu'elle est une avocate qui se tient droite, qui ne transige pas. J'ai eu l'occasion de plaider avec elle lors de plusieurs procès, et en particulier quand elle défendait la partie civile. De fait, nous étions face à face. Or, quand elle est partie civile, Fabienne exprime la peine et le chagrin de ses clients – ce qui est son rôle – sans empiéter pour autant sur le territoire du ministère public : elle n'en devient pas son suppôt. Et ça, c'est très rare.

À l'inverse, lorsque je vois la jeune génération d'avocats faire commerce du malheur, être dans le victimaire, la surenchère lacrymale, je suis affligé. Ils oublient ainsi eux-mêmes les principes qu'ils plaident à longueur d'année. Cela donne des interventions, pour moi dévoyées, qui vont à contresens de ce à quoi ils ont vocation. Fabienne, elle, n'oublie jamais que si les murs d'un tribunal ont des oreilles, ils ont aussi une mémoire.

Ce qui me touche le plus chez elle, c'est son humanité pleine et entière. À aucun moment, elle ne fait semblant. Il m'importe de le souligner, car cela ne va malheureusement pas de soi. On pourrait penser pourtant que cette humanité palpite au cœur de tous les avocats. Hé bien, non. Il y en a qui plaident pour des associations de victimes, censés s'exprimer en leur nom, sans avoir jamais pris le temps même de les rencontrer… Ils calquent ainsi un discours militant, des plaidoiries stéréotypées, pour mener leur défense. Ne pensez pas que je force le trait, j'ai vu cela des dizaines de fois dans les tribunaux.

Notre métier est trop beau pour être galvaudé. Si nous parlons des gens sans les avoir rencontrés, nous sommes dans l'imposture et l'effet d'annonce, pas dans la réalité ni l'authenticité. Fabienne fait tout le contraire. Elle n'est pas l'avocate des causes mais des gens. Et c'est totalement différent. Ces gens, ses clients, elle les connaît intimement, elle les respire, elle les porte dans leur souffrance jusqu'à la barre.

Ce fut le cas dans l'affaire d'Outreau, qui reste un de nos forts souvenirs communs. Dans nos carrières respectives, il y a eu un avant et un après. La justice du Nord en est, elle aussi, restée marquée de manière indélébile, scellant de solides amitiés autant que de fortes inimitiés. Les magistrats en France n'ont jamais accepté Outreau, et dans le Nord encore moins qu'ailleurs. Ils sont quand même plus de soixante-quatre magistrats, professionnels ou non, à avoir traîné leurs guêtres dans ce procès. Personne n'en est sorti grandi, et l'esprit de corps a fait le reste. Il fallait sauver le soldat Burgaud pour sauver l'institution entière.

Plus tard, le procès Kabou laissera sur Fabienne une autre empreinte ineffaçable. Quelle histoire judiciaire incroyable, pleine de symboles… Tout y est : la maternité, l'humanité, la mer. Ce fut certainement un cas très compliqué à défendre, mais en même temps si beau. Il fallait que ce soit Fabienne. Le procès Kabou s'inscrit parmi ces affaires qui marquent la vie de l'avocat qui les a plaidées. Il faut aller chercher très loin en soi pour trouver les clés d'une telle défense. On n'en ressort jamais indemne.

Fabienne n'est toutefois pas que douceur. Du mordant envers ceux qui lui sont hostiles, elle en a tout autant. Elle est une pénaliste talentueuse, preuve – si besoin en était encore – que ce talent n'est aucunement masculin. Il est indéniable qu'il faut beaucoup de courage pour accepter de vivre comme un gitan lorsque l'on fait du pénal, en trimballant son sac de cour d'assises en cour d'assises. Les femmes qui s'engagent dans cette voie, tout en souhaitant mener une vie de famille, se rendent vite compte de la difficulté de la chose. Une raison de plus pour moi d'admirer Fabienne.

Je partage avec elle une complicité rare, que je réserve à un cercle restreint. Les avocats pénalistes dont je me sens proche sont, pour moi, comme une tribu d'Indiens. Nous sommes quelques « marginaux » qui nous tenons chaud. Notre métier est en voie de disparition. La justice de demain verra la fin de l'oralité, la mort de la parole. Une justice où les hommes ne se regarderont plus dans les yeux, mais à travers des écrans, en visio-conférence. Je ne suis pas gêné d'avouer mes craintes alors que la nostalgie me saisit parfois. Oui, c'était mieux avant. D'ailleurs, cela fait bien trop longtemps que je n'ai pas croisé Fabienne dans un prétoire.

Éric Dupond-Moretti

Avant-propos

« Surtout pas de misérabilisme ! » prévient d'emblée Fabienne Roy-Nansion à tous ceux qui, franchissant le seuil de son cabinet de Boulogne-sur-Mer, essayent de comprendre le contexte dans lequel elle exerce depuis trente ans. De sa belle voix grave, elle tient à casser méthodiquement raccourcis et clichés qui permettraient de résumer les nombreux dossiers qui remplissent ses étagères, sa cave humide et l'annexe de son bureau.

Son champ d'action se situe sur la Côte d'Opale, là où l'extrême beauté des paysages côtoie l'extrême pauvreté. Le « Boulogne d'en haut », en haut des falaises, pointe paradoxalement au plus bas de l'échelle sociale. Depuis les barres de la cité du Chemin Vert, où a grandi le footballeur Ribéry, on aperçoit les vies qui s'appauvrissent aussi dangereusement que claquent les rouleaux de la Manche en contrebas. Dans ce décor à la Zola, il aurait été facile de raconter le destin tout tracé d'une petite fille née au pied des terrils, descendante d'immigrés austro-hongrois, et qui ne pouvait donc que se révolter et défendre la veuve et l'orphelin. Mais son histoire est bien plus complexe.

Devant ces hommes et femmes broyés par la machine, cassés par le malheur et croisés d'un côté ou de l'autre de la barre du tribunal, elle admet que son engagement d'avocat ne pouvait être que sacerdotal. *« Je suis entrée au barreau comme on entre en religion »*, avoue-t-elle, forte d'une conviction humaniste. Révoltée, indignée par cette justice qu'elle a vue plus d'une fois hésiter et se tromper, elle ne croit plus désormais qu'en une défense à hauteur d'homme, prête à se battre pour des forains que l'on aurait tôt fait de condamner ou une femme infanticide que tout accable. Cette avocate boulonnaise n'a peur ni de la misère ni de la folie. Elle ne baisse les yeux devant rien, à partir du moment où, face à elle, malgré le crime commis, l'humain palpite encore. *« J'aurais plus de mal à défendre des monstres froids, mais chacun d'entre nous a le droit à une défense »*, assure-t-elle, dans la lignée d'un Jacques Vergès ou de son ami Éric Dupond-Moretti aujourd'hui.

C'est sa vision de la justice, singulière, mais aussi sa parole rare, précieuse, que ce livre rapporte. Si sa réputation n'est plus à faire depuis longtemps dans les tribunaux du Nord, ce n'est qu'après trente ans de barreau qu'elle a accepté de parler, de témoigner sur la durée.

Malgré les grands procès auxquels elle a participé, d'Outreau à l'affaire Kabou, elle est toujours passée entre les mailles du filet médiatique, se soustrayant volontairement aux questionnements des journalistes et des observateurs. Elle fascine pendant ses plaidoiries engagées, émouvantes, et dont chaque mot sait toucher la cour au cœur. Mais elle fuit la confidence d'après-match, la petite formule qui fera mouche dans le journal du lendemain. Au procès de Fabienne Kabou qui a noyé sa fille à Berk, les journalistes arracheront à peine trois mots à l'avocate lors d'une conférence de presse qu'elle a fini, acculée et harcelée par les médias, par organiser dans son cabinet. Sur le procès d'Outreau, rien, aucune déclaration publique. Elle laisse l'espace médiatique à d'autres confrères qui – ça tombe bien – ne se font pas prier. Un jour, au milieu de ce fiasco judicaire, la journaliste Florence Aubenas tente de l'attendrir, dans un café de Saint-Omer : « Vous ne dites rien, Maître Roy-Nansion, on ne vous entend pas. Je suis pourtant sûre que vous avez beaucoup de choses à raconter. » Alors, les deux femmes échangeront pendant quelques minutes.

Aucune trace de l'avocate sur les réseaux sociaux. Jamais un ordinateur sur son bureau. Fabienne Roy-Nansion pratique son métier à l'ancienne, dans l'antre de son cabinet et le théâtre des prétoires. À chaque rendez-vous, elle entre dans une pleine écoute de celui qui lui parle, qui vient demander son aide. Elle prend des notes, consciencieuse, pour ne rater aucun élément décisif. Ces premiers mots griffonnés sur de grandes feuilles à petits carreaux restent dans chaque dossier, comme gravés. À la manière d'un médecin de famille, elle enregistre patiemment les angoisses et misères des uns et des autres. Dans la rue, sur le port, à Boulogne-sur-Mer, sa ville, on l'arrête pour lui serrer la main, lui donner des nouvelles d'une ancienne affaire, ou lui dire encore une fois « merci ». Parfois, après une affaire de divorce, elle reçoit une rose, un homard frais du jour ou une coupe de champagne pour le dessert au restaurant.

Pour elle, ce quotidien ne se raconte pas. Circulez, il n'y a rien à voir. Après avoir été difficilement convaincue de l'intérêt d'écrire un livre, elle s'est absolument refusée à s'exprimer à la première personne, comme la règle le veut dans un témoignage classique. Détournant la phrase du penseur Pascal, Fabienne Roy-Nansion estime le « je » haïssable par-dessus tout. Pas question de prendre la parole à la place des autres, à ses yeux la chose la plus déplacée qui soit. Les défendre, les soutenir, se battre pour eux, toujours. Leur faire de l'ombre, leur voler la vedette, jamais.

Pour entendre ce que la pénaliste ne me dirait pas spontanément, il m'a fallu aller à la rencontre de ces gens de Boulogne-sur-Mer, ses clients. Des semaines durant, j'ai dû remonter les pistes, pour retrouver sa trace dans les souvenirs des autres dans l'idée de m'en servir pour ensuite appuyer sur ses points sensibles et l'aider à se raconter. Ses clients, tout heureux d'évoquer « maître Roy », ne se sont pas fait prier. Ils m'ont consacré du temps, touchés que leur avocate m'ait parlé d'eux, ait pu penser à leur « affaire » comme à une histoire digne de figurer dans son livre. À travers ces nombreuses rencontres, j'ai découvert un Boulogne-sur-Mer que l'on ne saisit pas si facilement en tant que journaliste. Même dans la cité du Chemin Vert, les portes ont fini par s'ouvrir et les souvenirs par sortir. Je suis revenue ensuite à son cabinet avec mes témoignages, mes reportages, et Fabienne s'est mise à parler. Parler d'eux, de la souffrance de ses « noyés », ça, elle voulait bien. Et finalement, chaque fois, c'était un peu d'elle qu'elle me donnait, une nouvelle pièce que je pouvais enfin ajouter au puzzle de son histoire. Mais il m'a été impossible d'écrire autrement que je l'ai fait ici. Après de longues semaines à traquer la moindre trace de son passé, de son histoire, je ne pouvais, moi non plus, dire « je » à sa place. Il fallait planter le décor, contextualiser les situations et recueillir, enfin, ses confidences, afin que celles-ci viennent à propos et ne puissent donner lieu à des raccourcis sur telle ou telle affaire. Une narration à deux voix s'est donc installée dans ce « portrait enquêté » : la seule forme d'écriture qui permettait de rester au plus juste de ce qu'elle estime devoir à ses clients qu'elle évoque ici.

À mesure de nos entretiens, la proximité idéologique avec le travail de Pierre Bourdieu dans son ouvrage *La Misère du monde* m'apparaissait plus nettement. Une enquête collective marquante, menée au moment de la crise des années 1990 pour faire entendre la parole inaudible des sans-voix. Tel un sociologue, la preuve par le récit de vie, par le témoignage individuel, vaut mieux pour Fabienne que toute tentative de théorisation politique. Sa « France périphérique », ressemblant fortement à celle qui prend vie sous la plume de Didier Eribon à Édouard Louis, apparaît au fil des pages.

Beaucoup de femmes peuplent la vie professionnelle de Fabienne et, par conséquent, ce livre. Accusées, condamnées, victimes, elles ont jalonné sa carrière, mais rien ne fait bondir plus l'avocate boulonnaise que de se voir qualifiée d'avocate « des femmes » ou d'avocate « militante ». Ces termes si vite dégainés aujourd'hui dans la foulée des mouvements de protestation contre les violences sexistes, Fabienne les refuse en bloc malgré le courant ambiant. Car elle ne sait pas où, demain, la défense d'un client la mènera. Affiliée à aucun club, service ni réseau, elle se veut libre : *« Je ne suis pas un avocat de victimes, ni un avocat d'accusés, ni l'avocat des femmes ou des hommes. Je suis tout le contraire d'un avocat militant. Je ne me revendique de rien. Je ne prends pas la barre pour une tribune. Je porte juste la parole de celui qui me la confie. »* C'est dit.

Anne-Lise Carlo

Chapitre 1

Prêtez-moi vos chaussures

« Fabienne Kabou prend le bus 86 pour aller à Berck, station Saint-Mandé Demi-Lune. Nous sommes le 19 novembre 2013. Elle a pris des vêtements chauds, des vêtements de pluie pour sa fille Adélaïde. Ce bus, elle ne l'a pas attendu longtemps. C'était plutôt comme si ce bus l'attendait, elle. Elle est arrivée à la gare du Nord, un train à 11 h 46 qui, pareil, l'attendait. À 14 h 23, elle arrive à Rang-du-Fliers. Elle papote avec des gens qu'elle ne connaît pas. Elle dit d'où elle vient, où elle va, donne le prénom de sa fille Adélaïde âgée de quinze mois. L'autre Fabienne est là, elle lui fait horreur. Elle est comme prisonnière. Berck, elle arrive, hôtel Le Littoral. Elle se promène sur la plage, croise une femme avec un chien, montre le chien à Ada. Il y a à Berck ce mauvais vent, elle l'a dans le dos, il la pousse, il la porte. Elle veut désobéir, elle lutte, elle n'y arrive pas. Elle a comme un pistolet sur la tempe. Elle court, marche droit devant elle, Ada est contre elle. Pas comme un paquet, non. Elle la réchauffe, elle lui parle et elle crie "Non !" contre l'autre Fabienne. Ada s'agite, elle lui donne le sein, elle pleure, elle lui demande pardon. Et elle peste contre la lune qui ne se cache pas. Elle est là à côté, à quelques pas. Il y a le bruit des vagues. Elle reste un instant, elle attend

un pleur. Pas de pleur. Elle part, elle aimerait se retourner, elle n'y arrive pas. Le néant s'est refermé sur elle »[1].

La petite Adélaïde est restée sur la plage. La marée montante emportera son âme. C'est un pêcheur de crevettes qui, sur le sable, aux aurores, retrouve son petit corps lové dans sa combinaison à capuche, alors que sa mère n'a pas encore quitté Berck-sur-Mer. Cette cité balnéaire du Pas-de-Calais, située à une cinquantaine de kilomètres de Boulogne-sur-Mer et choisie, non pas au hasard mais parce que son nom sonnait mal, moche aux oreilles de Fabienne Kabou. De Berck, la mère d'Adélaïde n'a arpenté qu'une seule rue, l'avenue Marianne-Toute-Seule, la nourrice des enfants de pêcheurs. *« Berck est une ville de bord de mer qui est triste toute l'année,* confie Fabienne Roy-Nansion. *Sur le fronton de sa grande et longue plage, déambulent des personnes en fauteuil roulant, des gens sur des brancards. Ce sont tous des accidentés de la route, du travail, de la vie, qui viennent s'y soigner. Berck est une ville triste à pleurer. »*

Dix jours plus tard, les policiers retrouvent la mère infanticide, à Saint-Mandé, en région parisienne, où elle habite. Son crime ayant eu lieu à Berck, l'affaire est instruite par le tribunal de Boulogne-sur-Mer. Alors que les futurs interrogatoires promettent d'être musclés, l'accusée

1. Extrait de la plaidoirie de Fabienne Roy-Nansion du 24 juin 2016.

refuse de se faire assister dans sa défense. Elle ne s'estime pas défendable. *« Cette femme, son crime, la vindicte populaire qui grondait déjà, le lynchage programmé. Tout me portait vers elle. Me portant volontaire pour assurer sa défense, je suis désignée par mon bâtonnier. J'ai mis moins d'une minute pour traverser la rue qui sépare mon cabinet du tribunal. Je me souviens de la première fois où j'ai aperçu ma future cliente. Elle est assise sur un banc dans le couloir qui mène au bureau du juge d'instruction. Elle a les yeux dans le vague et elle me sourit légèrement. Nous sommes le 30 novembre 2013, il est 15 heures. Je m'approche d'elle et je lui dis : "Bonjour Fabienne, je suis Fabienne et je vais être votre avocat". »*

Face à la mère de la petite Adélaïde, il faut trouver les mots justes pour la convaincre de ne pas entrer seule sur le champ de bataille judiciaire. « C'est bien que ce soit toi qui le fasses », glisseront à l'avocate plusieurs confrères convaincus que les prétoires de cours d'assises ne l'effrayent pas, bien au contraire. La réputation qu'elle s'y est forgée de défendre les âmes perdues, même les plus noires, a fait son chemin. Pendant les longs interrogatoires au tribunal de Boulogne-sur-Mer, un lien fragile se noue entre les deux femmes. Les rares pauses sont l'occasion de fumer une cigarette ensemble au fond du parking du palais de justice. Impossible de sortir pour prendre l'air quelques minutes durant ces petits instants de répit, car à l'extérieur l'hostilité grandit. L'infanticide a révolté l'opinion publique et des marches blanches spontanées naissent un peu partout en France. Lors du déferement de Fabienne Kabou, les insultes fusent depuis une foule très agressive postée au pied du tribunal. Certains hurlent des « Salope ! » qui s'adressent autant aux deux Fabienne. Il faut faire sous escorte policière les quelques pas qui séparent le tribunal du cabinet de l'avocate, situés tous deux sur la place pavée du vieux Boulogne.

L'intérêt médiatique autour de ce que l'on nomme déjà « l'affaire Kabou » grandit. Les caméras de télévision découvrent, pour la première fois, Fabienne Roy-Nansion. Bien sûr, elle fut déjà dans le passé l'une des avocates du procès d'Outreau, mais le fiasco judiciaire avait alors tout éclipsé. Ici, tous les objectifs se braquent sur la relation entre l'accusée et sa défense. Cette « avocate à l'allure folle », comme la décrit à l'époque un journaliste. Cheveux courts gris-blanc, visage charismatique, tailleur-pantalon noir distingué, ongles vernis, maquillage parfait. Une belle femme dotée d'un phrasé velouté et soutenu qui séduit et intrigue. *« Je n'avais pas mesuré que je serais à ce point exposée. Mon téléphone mobile sonnait à toute heure de la nuit. Une fois, une journaliste de BFM TV m'a quasiment "pourchassée" en voiture pour me soutirer quelques phrases sur l'affaire Kabou. J'ai fini par m'arrêter sur un bord de route et lui donner ce qu'elle voulait, sous une pluie glacée à la nuit tombante...* » Une souffrance pour cette femme secrète, peu habituée à s'épancher dans les médias, à l'inverse de nombre de ses confrères qui rejouent le « match » des audiences de la veille dans les journaux. Elle les a pourtant vus faire au procès d'Outreau, les Dupont-Moretti, Berton, Delarue, qui se retrouvaient dans les cafés avec les journalistes ; mais là encore, au procès Kabou, elle n'y arrive pas. Ce n'est pas sa nature. Derrière cette réserve, il y a toujours la peur d'un mot de trop qui pourrait trahir son client. Le genre de fautes inexpiables.

De l'autre côté de la barre, à la cour d'assises de Saint-Omer, en juin 2016, se trouve une accusée à la personnalité hors du commun. « On n'est pas habitué à voir des gens comme Fabienne Kabou dans les geôles de garde à vue ou dans les prisons », reconnaît d'emblée le juge d'instruction Hervé Vlamynck que Me Roy-Nansion a fait citer au procès – ce qui se fait pourtant très rarement. « *Je voulais que le juge d'instruction donne publiquement et librement son sentiment sur la personnalité de Fabienne Kabou. Qu'il revienne à la barre sur la démarche qui avait été la sienne tout au long de son instruction face au mystère Kabou, ce dont il s'était convaincu dans cette affaire, comment et pourquoi... Une procédure d'instruction, écrite, est une sorte de saucissonnage des différents éléments recueillis. Venir la raconter à l'oral fait, pour moi, le lien. Je crois fondamentalement en l'importance de l'oralité des débats dans un jugement. C'est ce que j'appelle la magie de l'audience.* »

Cet ancien commissaire de police avoue à la barre : « Nous étions tous fascinés par Mme Kabou. » Et toute la cour de se demander avec lui : comment en est-on arrivé là ? Comment une femme au quotient intellectuel de 135, la petite quarantaine, belle, très cultivée a-t-elle pu commettre l'innommable ? Son physique de statue africaine, son intelligence desservent Kabou, comme si elle s'était, elle-même, « autorisée » à tuer son enfant. *« Ma cliente, on ne voit pas la folie sur son visage. Elle n'est perceptible ni dans son attitude, ni dans sa façon de s'exprimer. Elle tient un discours argumenté, philosophique et plein de références. Je ne dis pas qu'il doit y avoir une adéquation entre le criminel et son crime ; mais, avec elle, la divergence était tranchante. On conçoit davantage ces choses horribles d'une femme paumée, limitée, et qui n'aurait plus aucune ressource pour s'en sortir. On se dit que, même plongée dans une détresse absolue, Fabienne Kabou aurait dû, grâce à son intelligence, avoir les ressources pour s'en sortir, aussi inextricable soit la situation. Eh bien non, ce ne fut pas son cas. »* Par tous ceux qui témoignent dans le dossier, l'accusée est dépeinte comme une femme fiable, stable et équilibrée. *« Dans sa famille, c'était celle qu'on allait consulter quand on avait un problème. Beaucoup estimaient son avis. Elle était toujours apaisante et accessible. Son ancienne logeuse à Paris, dont Fabienne Kabou gardait les enfants, raconte dans le dossier que ce fut la meilleure "jeune fille au pair" qu'elle ait eue. Elle s'occupait des petits à merveille, les éveillait à des tas de choses. Si l'on accolait ce portrait parfait à son acte d'infanticide, on se retrouvait face à quelque chose d'inconcevable. Je me disais : mais enfin, si elle n'est pas débile comment donc ça fonctionne dans sa tête ? »* À son avocate la lourde tâche de comprendre, de trouver l'inexplicable. Qui est cette femme et comment a-t-elle pu en arriver à tuer sa petite fille ?

« C'est à moi qu'il revient d'éclairer cette part d'ombre sur laquelle tout le monde achoppe. La seule chose qui me rassurait dès le départ, c'est que je sentais que ce n'était pas un monstre froid. Je pense que j'aurais beaucoup de mal à défendre des Fourniret ou des Dutroux. Fabienne, elle, pleurait quand elle évoquait sa fille. Je me suis dit que si elle pleurait, c'est qu'il devait bien y avoir un sens à son geste. Et cette explication, nous étions là pour la trouver parce que c'est cela, juger : essayer de comprendre pourquoi et comment les choses arrivent dans la tête et dans la vie des gens. À partir du moment où je l'avais vue pour la première fois au tribunal de Boulogne-sur-Mer, je savais que j'aurais envie de me donner du mal pour cette femme. Mais ce fut très difficile de décortiquer son histoire, son passé. J'ai oscillé pendant plusieurs mois entre "elle est délirante" et "mais non, elle ne l'est pas". Je ne savais plus sur quel pied danser. Dès qu'elle sentait que je m'éloignais de son raisonnement, elle me disait : "Fabienne, vous êtes restée sur la plage." Elle parlait de la plage de Berck-sur-Mer, celle-là même où elle avait abandonné sa fille. Ce

à quoi je lui répondais : "Fabienne, j'essaye de remonter de cette plage et je fais ce que je peux." Mais ce fut très compliqué de donner un sens à cette histoire.

Pour tenter de cerner sa personnalité, je me suis lancée dans un gros travail de documentation. J'ai lu beaucoup de livres sur la psychologie des meurtriers, des personnalités borderline. *J'essayais de trouver des références, quelques courts passages qui pouvaient faire penser par moments au cas de Fabienne Kabou, mais je n'arrivais pas à trouver sur quel registre au plan psychologique elle pouvait se situer.* » Ce que l'avocate ne trouve pas dans les livres, il faut aller le chercher dans les souvenirs de sa cliente et, pas à pas, découvrir chaque pan de son histoire. *« Parce que ce drame a commencé bien avant la naissance de la petite Adélaïde. »*

Fabienne arrive de Dakar à dix-huit ans pour s'installer à Paris. La jeune fille modèle, accomplie en tout, a pour ambition d'y suivre des études d'architecture. Mais elle se rend rapidement compte que cela ne lui correspond pas. Elle s'oriente alors vers la philosophie et commence un cursus universitaire. Ses parents, qui n'ont jamais vécu ensemble, ont des vies très différentes. Sa mère habite en Espagne. Fabienne voit régulièrement son père de passage à Paris lorsque celui-ci, traducteur pour l'Onu, y vient pour son travail. *« Étienne Kabou est une personne charismatique. Il respire le calme et l'intelligence. C'est la figure du commandeur incarnée. »* Pour subvenir aux besoins de sa fille, il bénéficie notamment d'une bourse de l'Onu destinée aux enfants qui font des études supérieures. Chaque année il a, pour cela, besoin d'un certificat de scolarité. Mais à partir de l'année de licence, Fabienne ne lui fournit plus aucun papier administratif. *« Ici, pour moi, c'est la première pierre qui achoppe dans son parcours : elle ne fournira jamais à son père ce certificat de scolarité. Monsieur Kabou s'énerve et, de guerre lasse, lui coupe les vivres pensant la faire réagir. Ce n'est pas ça qui la fait dérailler, elle trouvera des solutions pour continuer à vivre à Paris ; en revanche, cette phobie administrative, cette impossibilité à s'ancrer dans une réalité – autrement dit, un parcours universitaire validé par des diplômes –, est déjà un signe avant-coureur de son état psychique. »*

L'autre élément clé du dossier, c'est sa relation avec Michel Lafon, son compagnon et le père de la petite Ada. Un couple au fonctionnement étonnant. Michel Lafon a soixante-dix ans. C'est un ancien trader, à la retraite, passionné d'art et sculpteur. Il possède un atelier d'artiste à Saint-Mandé. Michel, c'est la facilité pour Fabienne, car il pourvoit à tous ses besoins matériels. Cet homme qui a de la prestance sort d'une grande école de commerce ; il a vécu en Afrique, a été cadre tout au long de sa carrière et perçoit donc une retraite conséquente. Le futur couple se rencontre par l'intermédiaire d'une des tantes de Fabienne. Ils tombent amoureux, portés par leur passion commune pour l'art et la littérature. *« Mais un premier détail m'interpelle d'emblée dans leur histoire : personne ne connaît l'existence réelle de ce couple. Les amis de Michel croisent Fabienne à l'atelier et pensent que Michel, connu pour être un bon samaritain, héberge gracieusement cette femme. Et si celle-ci fait la cuisine quand ils organisent leurs dîners à l'atelier, c'est sûrement en échange de la gentillesse du propriétaire des lieux… Une seule amie de Michel, une de ses anciennes maîtresses, connaît la teneur de leur relation. Mais si Michel n'officialise rien, c'est pour une bonne raison : il est encore marié à sa première épouse qu'il croise de temps à autre dans leur maison familiale du Puy-de-Dôme. Tous ses amis, qu'il a connus pour la plupart en tant qu'expatrié en Afrique, connaissent son épouse. Le couple a aussi une fille qui a l'âge de Fabienne : Emmanuelle. Pour son mariage, d'ailleurs, dont le repas de noces se déroule à l'atelier, c'est encore une fois Fabienne que Michel met aux fourneaux avant de la reloger pour la soirée dans une chambre d'hôtel… Il met des cloisons étanches entre sa vie intime et sa vie sociale, mais, ce faisant, il isole de plus en plus Fabienne. Et cela ne s'arrange pas quand elle tombe enceinte. Michel n'a pas pu ne pas s'apercevoir, ne pas comprendre qu'elle n'allait pas bien. Mais il était sans doute coincé dans sa problématique personnelle, celle d'un homme vieillissant écartelé entre deux vies : la sociale et la secrète, son amour caché, inavouable pour lui. Il était lui aussi prisonnier d'une sorte de clivage. »*

Quand les policiers arrivent pour interpeller Fabienne, Michel est aussi placé en garde à vue. Et que fait-il quand il sort de sa garde à vue ? Il appelle sa femme et lui dit : « Tu ne sais pas ce qui m'arrive… Je ne savais même pas que l'enfant était de moi et j'ai d'ailleurs un doute. » Il le savait pourtant parfaitement.

S'enfermant peu à peu dans cette relation qui, au fond, ne la satisfait pas, Fabienne ne sort quasiment plus de l'atelier et se coupe du monde extérieur et de sa famille. Deux ans avant le meurtre d'Adélaïde, elle ne fait plus que des grandes marches aux aurores dans le bois de Vincennes pour éviter de croiser des gens et termine par quelques rapides courses sur le chemin du retour. *« Au moment où elle tue sa fille Adelaïde, elle n'est plus inscrite à la fac bien qu'elle dise préparer une thèse de philosophie. Elle est thésarde toute seule… Elle n'a plus de sécurité sociale, plus de compte bancaire, plus d'adresse identifiée. En somme, elle n'a plus d'existence. Fabienne, c'est un fantôme qui a tué un autre fantôme, la petite Adélaïde. »* Âgée de quinze mois au moment du drame, l'enfant n'avait, elle non plus, aucune existence légale. Fabienne a accouché seule, à l'atelier, pendant un déplacement de Michel, qui ne s'est pas non plus soucié d'aller déclarer la naissance ou de reconnaître l'enfant. *« À ce moment-là, la seule chose qui me paraissait évidente dans ce dossier était que Fabienne avait fait, non pas un déni de grossesse, mais un déni de naissance de sa fille Adélaïde. »*

Dans le dossier, un élément troublant vient jeter une ombre supplémentaire sur cette situation déjà bien mystérieuse. Durant les interrogatoires à Boulogne-sur-Mer puis pendant leurs longues conversations au parloir de la prison de Sequedin, Fabienne répète l'explication de son geste, la seule qu'elle entrevoit.

« Tout a commencé, deux ans avant le meurtre, par des hallucinations auditives et visuelles, des manifestations somatiques. Fabienne avait tellement mal au cou qu'elle n'arrivait plus à porter sa tête. Le matin, raconte-t-elle, elle mettait trente minutes à pouvoir lever la tête de l'oreiller. Elle devait la prendre à deux mains pour y arriver. Elle a du mal à marcher, elle doit parfois s'immobiliser en pleine rue avec l'impression de sentir ses "pieds panés comme des escalopes milanaises", comme elle me le racontait. Elle passe ses journées à écrire sur le philosophe Wittgenstein tout en voyant des scarabées traverser son bureau. Une araignée, toujours la même – une tégénaire – vient lui envoyer des messages régulièrement. Parfois, la musique se met en marche toute seule et les murs de l'atelier grondent. Tapie dans la maison, elle se cache. De qui ? De celles qui lui ont jeté un sort : ses tantes Dylia et Martine. C'est justement par Martine que Fabienne a rencontré Michel. Or, elle soutient que Martine était, elle aussi, amoureuse de Michel et qu'elle est donc devenue jalouse. »

Dans son esprit, Martine se ligue avec Dylia qui ne l'aime pas non plus à cause d'un différend familial passé. Toutes les deux auraient juré d'avoir sa peau. La troisième femme à lui vouloir du mal, c'est la fille de Michel. Mais il y a aussi son épouse, qui pourrait avoir découvert leur relation. Dès lors, Fabienne s'isole pour échapper aux maléfices des unes et des autres. Tout cela est le fruit de sa construction mentale, de son délire.

« Quand je l'entendais me raconter ces choses, je me disais : "Elle est schizophrène". Parce que, dans ma petite expérience d'avocat, j'en avais déjà vu. Et là je me suis dit : ça y est, j'ai compris le problème de Fabienne. Et puis, finalement, en fin d'instruction du dossier, un deuxième collège d'experts arrive. Zagury, Coutanceau et Wilquin, des pointures. Et eux affirment que non, elle n'est pas schizophrène, car il lui reste une accroche dans la réalité. Dans leur rapport, ils ont mis des mots sur ce que je discernais mais ne parvenais pas à expliquer. Ils ont qualifié son comportement comme étant la résultante d'une psychose délirante paranoïaque en secteur qui affectait certains de ses comportements sociaux. »

Le mot était lâché. Fabienne Kabou souffrait bien d'une maladie psychiatrique.

« J'ai été énormément soulagée de voir ça écrit noir sur blanc. Mais ce ne fut pas le cas de ma cliente. Le lendemain des expertises, elle me disait : " On ne va pas me la faire, à moi. Je ne suis pas une souris de laboratoire !" Ensuite, lorsque les rapports psys sont arrivés, elle les a tous disséqués un par un, mot après mot. C'était fantastique, elle y faisait de la sémantique. Elle disait : "Cette phrase-là, je comprends bien ce qu'elle signifie ; mais si elle veut dire ceci, pourquoi est-ce que plus loin on écrit cela ? Bon, je veux bien admettre ceci, mais alors ça non." Elle décortiquait tout. En réalité, elle se décortiquait elle-même. »

Puis le premier procès arrive. La défense de Fabienne Kabou est complexe, avec ce grand écart entre sorcellerie vaudou et maladie mentale. Sans suivre sa cliente sur le terrain de la « possession », il est difficile pour l'avocate d'en refuser complètement l'idée. Pourtant, l'accusée et sa sorcellerie sont bien loin de convaincre la cour. Lors du procès, l'avocat général Luc Frémiot reprochera d'ailleurs au juge d'instruction de Boulogne-sur-Mer, Hervé Vlamynck, d'avoir trop prêté l'oreille à cette thèse de la sorcellerie défendue par Fabienne Kabou dès les premiers interrogatoires. À l'opposé de toutes ces considérations mystiques, pour la présidente du tribunal de Saint-Omer, les choses se résument assez facilement : l'accusée ment beaucoup et depuis longtemps. Notamment à son compagnon de trente ans son aîné qu'elle n'informe qu'après plusieurs mois de sa grossesse, et à qui elle assure à tort avoir accouché à la maternité et avoir déclaré Adélaïde à l'état civil. Tant de mensonges, selon la présidente, signifient qu'elle est au pied du mur : soit elle avoue tout, soit c'est le passage à l'acte. Faire disparaître cette enfant, c'est faire disparaître ses problèmes[1].

Mais ce jour-là, à la cour d'assises, les experts sont de nouveau là pour nuancer toute vision simpliste ou caricaturale : « Si on suit cette interprétation, on passe à côté d'un cas

1. *Libération*, 23 juin 2016.

historique, répond le psychiatre Daniel Zagury à la présidente. On ferait de Fabienne Kabou une petite menteuse, alors que c'est une grande délirante. On est, ici, dans la pathologie psychiatrique[1] ». L'expertise de ce dernier, menée avec ses collègues Roland Coutanceau et Maroussia Wilquin, avait conclu à l'altération très large du discernement de Fabienne Kabou au moment de son acte meurtrier. Ils la situaient même à un cheveu de l'abolition totale de discernement. *« Les experts étaient d'accord sur la pathologie dont Fabienne souffrait, mais pas sur ses conséquences. Et c'est pour cette nuance très fine qu'ils ont dû discuter longuement de sa responsabilité pénale, d'abord entre eux puis de nouveau à la cour d'assises de Saint-Omer »*, se souvient l'avocate.

À la barre, Daniel Zagury poursuit d'ailleurs son interprétation : persuadée de « ne pas être seule dans sa tête », Fabienne Kabou vivrait dans un conflit permanent entre elle-même et l'extérieur. Si elle n'a jamais dit à son entourage qu'elle était enceinte ou n'a jamais déclaré sa fille, c'est parce qu'elle pense que « nommer l'enfant, c'est la mettre en danger ». À plusieurs reprises, l'intéressée a effectivement évoqué « un danger pire que la mort ». Maroussia Wilquin confirme. Selon elle, l'accusée ne supprime pas son enfant, mais le danger qu'elle perçoit autour de cet enfant. *« C'est exactement cette idée qui va guider*

1. Idem.

ma plaidoirie. Aussi fou que cela puisse paraître, Fabienne Kabou a sincèrement été convaincue de sauver sa fille en la tuant. C'est ce que les psys appellent le crime altruiste. Une ethnologue m'avait écrit pour me signaler un rite pratiqué par la tribu des Mancagne présents surtout en Guinée et au Sénégal, les deux pays originels de la famille de Fabienne : les femmes y abandonnent aux flots du fleuve les enfants « mal nés » selon les règles de la tribu, c'est-à-dire avec des malformations ou issus d'un viol ou d'un adultère.

Dans ce procès, ce dont je me suis rendu compte, c'est que la folie fait peur aux juges, qu'elle devient même une circonstance aggravante du crime qu'ils ont à juger. J'ai d'ailleurs fini ma plaidoirie ainsi : avoir peur de la folie dans une cour d'assises, c'est vraiment de la folie ! »

Durant le procès, ce duo fusionnel avocate-accusée agace, dérange. *« Des lettres haineuses arrivent à mon cabinet. Les plus violentes sont anonymes, comme celle de cette mère de deux enfants qui, sur deux pages, s'indigne et condamne :* "Je vous trouve ignoble de vouloir défendre une telle femme. Si vous-même vous êtes mère, comment osez-vous ? Ce que Fabienne Kabou a fait mérite seulement la mort. J'espère sincèrement que le souvenir de sa petite fille se débattant dans l'eau glacée vous hantera toute votre vie." *Des lettres encore plus violentes finiront dans ma poubelle. Cela m'a semblé quelque chose de sale, de répugnant, dont je ne voulais pas conserver la trace. »* Endurer cette décharge de violence est le propre de l'avocat pénaliste, chargé de défendre les plus vils d'entre nous ; mais les choses auraient-elle été différentes si Fabienne Kabou avait été défendue par un homme ? *« Je crois que certains ont eu du mal à comprendre que je ne sois pas pétrifiée par cette idée d'infanticide. Mais pour moi, une femme qui tue son enfant n'est pas plus terrible qu'un père qui tue son enfant, qu'un mari qui tue son épouse, qu'une épouse qui tue son mari, qu'un voisin qui tue son voisin, qu'un frère qui tue sa sœur… »* Une seule femme semble toutefois mesurer la souffrance provoquée par ce procès : Nathalie Bany, à l'époque procureur ajointe du tribunal de Boulogne-sur-Mer, qui prend la peine de l'appeler. *« Elle me dit simplement : "Comment allez-vous Fabienne ?" Je m'étonne de sa question. Alors elle développe : "Parce que je pense à vous qui êtes la proie des journalistes, de la foule. Nous, nous sommes dans notre parquet, dans notre tribunal, derrière des portes fermées avec des sas qui ne s'ouvrent qu'avec des badges. Vous, vous êtes toute seule." Nathalie Bany est une parquetière que j'estime énormément et j'ai été très touchée de voir, alors que nous n'avions pas une relation particulière, qu'elle avait compris à quel point j'avais été meurtrie dans cette affaire. »*

Choquée, malmenée, la pénaliste parvient à passer outre. Il lui faut s'accrocher au destin de cette femme dont il est encore possible de rebattre les cartes. *« Avec Fabienne Kabou, j'ai vécu des scènes improbables, déconcertantes. Un jour, à la maison d'arrêt de Lille-Sequedin où elle est incarcérée, il n'y a plus de parloir disponible. Les gardiennes, qui aiment bien Fabienne, proposent de nous installer dans la cantine. Pour préparer ma défense, je la questionne alors sur la théorie de Wittgenstein. C'était le sujet de la thèse de philosophie qu'elle disait préparer. Et là, je me retrouve subjuguée par son savoir, sa façon de le transmettre. Tout à coup, je sursaute en me rendant compte que je l'écoute depuis plus de trente minutes sans même m'en apercevoir… Je me suis dit : oh, mais tu es où, là ! J'avais carrément eu l'impression de prendre le thé avec une amie dans un café. J'admirais son érudition. Je me souviens aussi de ma surprise ce jour où elle me raconte, ravie, qu'elle vient d'obtenir son diplôme de blanchisseuse à la prison, me dépeignant avec une ardeur sincère son intérêt pour cette tâche. Elle s'était muée en observatrice privilégiée d'un micro-échantillon de la population carcérale, l'étudiant à la manière d'une sociologue…* »

Mais au procès de Saint-Omer, malgré cette proximité complice, Kabou s'échappe. Elle réagit mal aux questions, s'entête dans la sorcellerie, toise la cour du regard. Dès les interrogatoires, elle livre son propre scénario et reste bloquée dessus : « Je suis l'objet d'un maléfice, d'un sort que l'on m'a jeté. Vous n'y croyez pas parce que vous êtes blancs. Pour ma part, je suis aussi blanche que vous à l'intérieur parce que je vis en France depuis mes dix-huit ans et parce que j'ai été élevée par une famille catholique. Mais la sorcellerie est dans mes gènes et je sais que ça existe. Je suis comme vous, je suis très sceptique parce que je suis cartésienne, mais je n'ai pas d'autre explication à mon comportement. » Et elle insiste : « L'autre hypothèse que vous me livrez, quelle est-elle ? La maladie mentale ? Non, mais vous m'avez bien regardée ? Je ne suis pas folle, je vois bien, arrêtez avec ça. »

« Je sentais que les choses allaient mal tourner au procès, du fait de son comportement. Régulièrement, pendant l'audience, je lui disais : "Mais quel jeu jouez-vous ? On va droit dans le mur, vous êtes complètement folle ! Ce n'est pas possible que vous vous comportiez ainsi !" Et elle me répondait aussitôt : "Mais que souhaitez-vous ? Que voulez-vous de moi, Fabienne ? Que je me roule par terre ? Que je me mette un entonnoir sur la tête ? Je suis désolée, mais je ne peux pas, voilà, ce n'est pas moi !" »

La sentence du tribunal tombe : vingt ans de réclusion criminelle. L'avocate et sa cliente décident aussitôt de faire appel. S'ouvre une seconde bataille.

Un peu plus d'un an après le premier procès, en septembre 2017, c'est à la cour d'assises de Douai que se déroule l'épisode suivant de cette affaire. L'avocate décide cette fois de se servir de sa complicité avec la condamnée et l'affiche clairement dans sa plaidoirie d'appel : *« Ma Fabienne que je vois depuis quatre ans, celle qui me demande des nouvelles de mes enfants, de mon fils, de ma fille. Celle qui me parle toujours de sa fille, Adélaïde. Celle qui, l'an dernier, quand j'ai perdu mon père, m'a envoyé une lettre. Une lettre magnifique, profonde, une vraie lettre, qui m'a énormément touchée. Celle qui m'appelle pour me souhaiter de bonnes vacances. Celle qui me trouve fatiguée ou malade. »* L'homonymie est gênante, l'avocate en joue. Une tonalité et une proximité que seule une femme, justement, peut se permettre dans une plaidoirie. Une stratégie qui n'est pas dépourvue de risques mais que la pénaliste a décidé d'oser parce qu'elle est désormais épaulée par son complice, l'avocat lillois Frank Berton. Leur duo s'est constitué sur la toute dernière ligne droite du procès en appel.

Huit jours avant le jour J, vers 19 heures, Frank Berton a envoyé un SMS à sa consœur : « Fabienne, je n'ai pas l'habitude d'écrire ce genre de messages mais si tu veux, qu'il y a la place et que tu m'invites, je plaide Kabou avec toi. Voilà c'est dit. » Pourtant, il y a des mois et des années que leurs chemins ne se sont pas croisés. *« J'ai eu l'impression que ce message me tombait un peu du ciel. Je savais que son regard neuf sur l'affaire pouvait m'aider. »* Après avoir pris possession du dossier et rencontré en prison Fabienne Kabou – qui accepte son intervention –, Berton livre sans ambages ses observations à l'avocate : « Tu l'as trop maternée, ta Fabienne. Je te préviens, tu ne vas pas être contente, mais je vais te la secouer, moi, ta meuf ! » Parce que les mêmes causes (Kabou s'entêtant dans sa version de sorcellerie vaudou) pouvaient produire les mêmes effets, voire pire en appel, il fallait trouver une nouvelle stratégie de défense.

Chaque fois que l'avocate croise le juge d'instruction, Hervé Vlamynck, au tribunal de Boulogne-sur-Mer, il lui demande si Fabienne Kabou s'est désistée de son appel. Et chaque fois, en entendant la réponse, il s'inquiète : « Mais vous êtes folles toutes les deux ! Elle va prendre, non pas vingt ans, mais trente… » Mais à son avocate soucieuse, Kabou répond calmement : « Vingt ans, trente ans… Quelle différence cela fait ? Ma vie est foutue, j'ai tué ma fille. »

À l'approche du nouveau procès, pourtant, l'accusée, d'elle-même, ménage son avocate : « Vous êtes une mère pour moi, vous le savez. Frank, lui, va me malmener, me rentrer dans le chou, mais il faut le laisser faire. Surtout, n'intervenez pas. » Frank Berton vient en effet couper le cordon de ce duo mère-fille. *« La veille au soir de notre plaidoirie, sur un coin de table du café Longchamp à Douai, nous avons tout à coup trouvé cette idée de la dualité psychique, des masques qui s'opposent, des deux Fabienne. »* À Roy-Nansion, la charge de parler de la douceur, l'affection, la détresse. À Berton, celle d'incarner l'autre, la Fabienne qui effraie l'accusée, qui la phagocyte. La « gueule cassée » de l'avocat lillois, son visage buriné et son regard noir perçant porteront à merveille la face sombre de la personnalité de Fabienne Kabou. Il a le physique idéal pour ce rôle. À travers cette partition parfaitement réglée, il s'agit de plaider la maladie mentale, décelée par les psychiatres. À ce stade, l'accusée, toujours aussi convaincue d'avoir agi sous l'emprise d'un sort, ne l'admet pas encore. Selon la défense de Me Berton, c'est justement pour cette raison qu'il faut réduire sa peine : « Sinon, vous laissez Fabienne seule avec l'autre, vous cautionnez les marabouts, les sacrifices et les délires ». Lorsque Me Roy-Nansion prend la parole ce jour-là à la barre, les journalistes parisiens s'affolent sur Twitter : « Mais qui est cette avocate ? » La pénaliste transcende son auditoire et éclipse en cet instant le grand Berton, mieux connu des médias. Vincent Vantighem, journaliste à *20 minutes*, tweete même plusieurs phrases de sa plaidoirie qu'il juge « émouvante ». Jusque-là, seuls quelques reporters locaux ou assidus des cours de justice avaient noté son nom dans leurs carnets.

La cour réduit la condamnation de vingt à quinze ans de réclusion. Soulagement général. À l'annonce du verdict, Kabou viendra lover sa tête dans le cou de Me Roy-Nansion et y pleurer à chaudes larmes, telle une enfant, pendant une bonne quinzaine de minutes. *« Ce ne fut pas facile de convaincre Fabienne de nous suivre dans notre ligne de défense, mais elle l'a fait. Plus tard, elle me dira : "Vous avez vu Fabienne, ils y ont cru…" Comme un jeu de masques sans fin, porté par la déroutante Mme Kabou. À la fin de ce procès éprouvant, je verserai quelques larmes à mon tour, sur l'épaule rassurante de Frank Berton. »*

Frank Berton se souvient encore vivement du lien qui unissait les deux femmes : « Ça allait au-delà de la complicité. Me Roy-Nansion protégeait Fabienne, la couvait. Elle allait la voir très souvent en prison. C'était trop. Mais nous avons tous des dossiers qui nous marquent plus. J'ai moi-même défendu plusieurs femmes criminelles et j'ai eu un rapport particulier avec elles. Par contre, quand une affaire est terminée, moi, je tourne la page. Quand c'est fini, c'est fini. J'ai besoin de faire de la place dans ma tête pour mes autres clients. Cela ne veut pas dire que je n'y pense plus du tout, mais, par exemple, je n'ai jamais répondu à la lettre que Kabou m'a écrite après le procès. »

Pour sa part, l'avocate assume complètement son attitude maternante vis-à-vis de ses clients : *« Ce n'est pas parce que j'ai enlevé ma robe que je passe à autre chose. Certaines affaires peuvent me bouleverser longtemps après le jugement. »* Alors elle prend des nouvelles, envoie, après un divorce, un petit mot réconfortant signé « votre bien dévouée ».

« Je dis très souvent à mes clients : "Aidez-moi à vous aider ! Prêtez-moi vos chaussures si vous voulez que je comprenne à quel point vous avez mal aux pieds…" Indéniablement, celles de Fabienne Kabou étaient les plus difficiles à chausser, très inconfortables au départ ; mais ensuite ce fut très agréable de cheminer avec elle. Je n'oublierai jamais cette femme. Quoi qu'il arrive, elle m'accompagnera, et sa petite fille aussi. »

La petite Ada, comme l'appelait sa maman, repose désormais tout près, au cimetière de Capécure, juste au-dessus de la cité portuaire de Boulogne-sur-Mer. Son nom y est gravé : Adélaïde Kabou, car son père ne l'a pas reconnue. La « princesse de la plage », comme écrit sur une plaque de marbre, repose dans le quartier des indigents parce que l'on ne savait pas trop où faire reposer la petite noyée. Des nounours en peluche détrempée et de jolies fleurs viennent un peu adoucir le sombre décor. Le gardien du cimetière raconte que « beaucoup moins de monde se rend à présent sur la tombe de la petite noyée. Heureusement, il y a toujours quelques habitués pour venir fleurir un peu tout ça ». En décembre 2013, Adelaïde avait été enterrée là, à la nuit tombante, par ses grands-parents maternels accompagnés d'un prêtre. Ni son père ni sa mère ne furent là pour l'accompagner vers sa dernière demeure. C'est même la justice qui a dû décider de son lieu de sépulture, car sa mère, déjà détenue, s'y était refusée. « Vous exprimer mes choix serait totalement indécent, moi qui l'ai tuée », avait-elle écrit. Une phrase étonnante, choquante même, mais que son avocate comprend : *« Cette retenue, cette décence de Fabienne contenaient implicitement tant la conscience de son acte que le respect qu'elle avait pour sa fille, qu'elle a profondément aimée. Cela vous étonne ? Encore une fois, pas moi. »*

Durant cette si énigmatique affaire Kabou, le même message guidera sa défense : « *Arrêtez de condamner des fous parce qu'ils vous font peur ! La construction psychique d'un homme ou d'une femme est infiniment complexe et tout aussi fragile. À quel moment une personne bascule-t-elle ? Pourquoi et comment ? Outre l'existence d'une pathologie sous-jacente – ce qui était le cas de Fabienne –, tout est question de circonstances, d'un faisceau d'évènements qui convergent vers l'instant T, celui du passage à l'acte. Nous sommes tous susceptibles de basculer, un jour. Condamner des malades mentaux en occultant leur pathologie mentale revient à la considérer comme une circonstance aggravante. C'est plus qu'inadmissible ! C'est indigne des principes fondamentaux de notre démocratie, c'est de la malhonnêteté intellectuelle, et au-delà de tout c'est inhumain. Il s'agit là d'une problématique sociétale. C'est un combat qu'il faut mener, pour bousculer les consciences, et faire évoluer les mentalités et les textes répressifs. Si nous, avocats, n'entreprenons pas ce combat, alors qui le fera ? La plupart des gens s'endorment sur leurs idées préconçues, sans se réveiller. Pourtant, rien de ce qui est humain ne doit nous être étranger.* »

Chapitre 2

Femme pénaliste

Les trois volumineux dossiers Kabou sont posés sur les étagères du cabinet, au milieu de ses nombreuses autres affaires de divorces, violences conjugales, agressions sexuelles, viols, incestes, pédophilie… Dans le Nord, le droit de la famille trempe souvent dans le pénal. Il y a trente ans, l'avocate a fait le choix d'être au chevet de ceux qui ne sont rien, de ceux qui se sont perdus, noyés dans leur détresse. Et à Boulogne-sur-Mer, où le nombre d'inactifs frôle celui des actifs, il y a de quoi faire, niveau souffrance et misère. L'avocate le sait bien, et ce depuis ses tout débuts. À vingt-cinq ans, elle est morte de trouille et sa carrière de femme pénaliste commence.

Fin janvier 1989, elle fait sa première plaidoirie d'assises à la cour du Pas-de-Calais. Elle a prêté serment un mois plus tôt seulement mais le bâtonnier de Boulogne-sur-Mer, sentant déjà son potentiel, la désigne et la jette ainsi dans la fosse aux lions ! *« Il y avait eu une défection dans un procès de viol et il ne m'a pas laissé le choix. Je ne me sentais pas vraiment taillée pour la course à l'époque, mais mon bâtonnier m'a répondu : "On n'est jamais meilleur que quand on improvise !" C'était une affaire de viol particulièrement glauque en plus… »*

Au Chemin Vert, cité miséreuse de Boulogne-sur-Mer, où a grandi le footballeur Ribéry, un homme a violé sa fille pendant des années. À quinze ans, elle tombe enceinte de son propre père. Elle accouche seule, dans sa chambre, jette le placenta par la fenêtre et cache son bébé dans le placard. C'est sa mère qui découvre l'enfant incestueux.

« Mon client, le père violeur, avait la cinquantaine et était sourd. Du coup, il ne comprenait rien de ce qui se passait au procès. Moi, submergée par le trac, j'allais vomir dans les toilettes à chaque suspension d'audience. Écoutant les réquisitions de l'avocat général approcher de leur terme, je me disais que je ne pourrais pas me lever lorsque viendrait mon tour de plaider. Je rêvais d'un miracle, qu'une trappe s'ouvre sous mes pieds et que je disparaisse dans les caves du palais de justice. Au moment où l'avocat général arrête de requérir, la présidente tonitrue : "Suspension d'audience ! Reprise dans un quart d'heure." C'était une femme incroyable. Coiffée d'un grand chignon à la diable, elle remettait sur son nez ses lunettes de soleil dès qu'elle cessait de parler, et s'enfonçait dans son fauteuil. Elle était mariée à un militaire et aimait à le dire. Son petit scottish terrier attendait sagement son retour dans son bureau de la

cour d'assises. Et toutes les heures, elle levait l'audience pour le sortir. Je respire un peu, profitant de cette pause salutaire, quand l'huissier vient m'informer que la présidente souhaite me voir. Je pense : "J'ai dû faire une bêtise, ce n'est pas possible." Je me retrouve dans son bureau et elle me demande : "Ça ne va pas ? Vous êtes toute blanche. C'est la première fois ?" Je l'informe que j'ai en effet prêté serment le mois précédent. Elle me parle alors de la pluie, du beau temps, et quand elle voit que je reprends figure humaine, elle m'annonce : "On y retourne, maintenant !" Ensuite, ce ne fut qu'une expérience extraordinaire. Je ne sais plus exactement ce que j'ai dit à la barre, mais je me souviens de cet instant comme d'un moment de grâce. Ce dossier a été déterminant dans ma conviction que je devais être avocat. Mais je ne suis pas certaine que tout ça aurait continué si je m'étais effondrée ce jour-là. »

Pénaliste après à peine un mois de barreau, c'était ainsi que devait s'écrire le destin de cette jeune avocate. Et cela fait trente ans maintenant qu'elle « plaide en tout état de cause », comme le titrait *M Le Monde*[1] pour dresser son portrait en pleine affaire Kabou. *« Ce titre sonnait juste. Quand je vais plaider, j'y vais dans tous mes états, émotionnels, personnels. Dans le prétoire, je suis ce que je suis, mais en même temps ce n'est pas moi. Mes difficultés personnelles n'existent plus à ce moment précis. J'ai plaidé en défense aux assises en février 1991, à peine quinze jours après la*

1. Article paru le 15 décembre 2013.

naissance de mon fils, physiquement au bord du malaise. Mais je revenais à l'audience parce que c'était plus fort que moi. L'année de mon divorce, j'étais dans des affres personnelles tout aussi compliquées, mais je n'ai jamais autant travaillé. Dans les prétoires à cette époque-là, je me sentais puissante. Peut-être que ces moments de faiblesse personnelle me galvanisent pour porter celles des autres. Mais il y a une limite : quand mes clients me disent de me mettre à leur place. Je leur réponds "Non, parce que si je me mets à votre place, alors je ne suis plus à la mienne. Et si je commence à pleurer sur votre sort, alors vous êtes foutu…" »

Dans le petit cercle des femmes pénalistes aux profils plus gouailleurs, plus garçon manqué, sa personnalité à la fois douce et forte, son physique atypique détonnent. « *Les hommes n'ont heureusement pas le monopole de la puissance dans le prétoire, mais il est indéniable que ma voix grave est un atout dans mon métier. On me donne très souvent du "Monsieur" au téléphone, mais, au moins, dans une cour d'assises, je peux pousser ma voix sans virer dans des aigus insupportables. Dans une plaidoirie, une émotion bien placée vaut mille fois mieux qu'un cri.*

Dans ce monde du droit pénal, il y a, aujourd'hui encore, principalement des ténors du barreau, des iconiques, comme ses amis Éric Dupont-Moretti ou Frank Berton. « *Empreints d'une virilité animale, ils entrent dans le prétoire comme des taureaux dans l'arène. Mais il y a de la place pour tous les styles.* » En 2013, à l'occasion de l'élection d'Anne Cadiot-Feidt à la fonction de bâtonnier du barreau de Bordeaux, Me Pierre Blazy a montré à quel point le milieu restait machiste en déclarant qu'une femme n'avait pas les « épaules assez larges » pour supporter le poids de la fonction. Preuve en était, pour lui, qu'il n'y avait *« pas d'avocates de renom connues comme de grandes pénalistes. Si j'ai besoin du bâtonnier pour me défendre dans une affaire professionnelle, je préfère que cela soit un homme. Est-ce que vous voyez une femme assurer aux assises une défense comme Me Éric Dupond-Moretti ? »* avait-t-il ajouté. Une tirade dure à avaler pour celle qui a affronté ce même Dupond-Moretti aux assises et fut élue deux fois – en 2009 et 2013 – bâtonnier du barreau de Boulogne-sur-Mer, qui compte 125 avocats. *« Je n'ai pas un physique de camionneuse, mais j'ai tendance à penser que mes armes sont ailleurs, dans une pugnacité mordante, des silences bien posés et une certaine élégance. »* Alors qu'elle n'est plus bâtonnier depuis plusieurs années déjà, son nom reste associé à cette fonction, au sein du tribunal mais aussi dans l'esprit de nombreux Boulonnais, à commencer par le maire de la ville, Frédéric Cuvillier : *« Elle demeure notre bâtonnière. Cette femme qui peut sembler un peu frêle au départ mais qui dégage, en réalité, une force incroyable, m'a immédiatement séduit ! »*

Mais le mythe semble résister aux nombres : en effet, 55 % des avocats sont aujourd'hui des femmes. Indéniablement, elles doivent toujours batailler plus pour gagner un nom et une réputation dans le milieu. Et il ne s'agit pas seulement de se faire remarquer en usant le parquet des tribunaux. *« Même si j'aime le pénal, je n'ai pas vécu que des moments faciles. Ces affaires nécessitent des journées entières jusqu'à tard la nuit, la tête plongée dans les dossiers. Je n'ai pas beaucoup vu mes enfants pendant ces années de travail acharné. C'est mon seul grand regret. Et pourtant, j'aurais bien aimé avoir plus de dossiers de ce genre, car je ne me suis jamais sentie aussi bien que dans une cour d'assises. »* Les avocates pénalistes doivent faire des choix de vie, de famille, qui rendent la poursuite de leur carrière difficile. *« Je vois certaines de mes jeunes consœurs qui préfèrent être à la maison vers 18-19 heures pour s'occuper de leurs enfants et je les comprends tout autant. »* Mais l'envie de plaider est tenace. La soif de parler librement jusqu'à l'ivresse, sans contrainte, dans un prétoire, parfois pendant plus d'une heure et demie. *« C'est comme une drogue. Ça nous tue un peu chaque fois, mais c'est une sensation incroyable. On ne sent plus le sol sous ses pieds quand on sort d'un tel exercice. À Outreau, je me rappelle d'une réflexion d'un de mes confrères, Mᵉ Hervé Corbanesi, qui m'avait dit après ma plaidoirie* : « Tu glissais littéralement dans le prétoire, on aurait dit un ange. »

L'image d'un ring de boxe revient souvent pour décrire le prétoire d'une cour d'assises. *« Il est vrai que l'on y prend des coups, que l'on en donne aussi, mais dans le strict cadre des règles fixées par la loi. Ça ne doit jamais être un combat de rue…*

Règlements de compte et vengeance en sont exclus, car la justice est tout le contraire de cela. Chacun à sa place, que ce soit la défense, en partie civile, ou l'avocat général pour le ministère public, doit s'attacher à faire circuler la parole, ou plutôt les paroles, le plus sereinement et le plus complètement possible – ce qui n'empêche pas la joute oratoire, bien au contraire. Elle est parfois acerbe, elle peut aussi être violente, mais elle ne doit jamais être personnelle ou déplacée. Au final, le prétoire d'une cour d'assises me semble plus proche d'un terrain de sport de joute que d'un ring de boxe. Une fois accro, impossible de se passer de ces sensations fortes. Quand j'arrive dans une cour d'assises, le matin du premier jour du procès, je suis toujours très en avance sur l'horaire prévu. J'aime y être la première, pour être seule quelques instants. Je pose mes affaires, mon dossier, ma robe, et je marche seule dans le prétoire. Je fais en quelque sorte le tour du propriétaire. Je respire l'odeur du bois ciré, je prends possession des lieux, je m'en imprègne, même si je connais par cœur le moindre recoin de ces cours d'assises du Nord et du Pas-de-Calais. Ces quelques minutes m'apaisent. Et puis, je me surprends à repérer les pièges comme les fils de micros qui traversent le prétoire, des trous dans le parquet où mes hauts talons sont susceptibles de se prendre… ce qui ferait désordre parce que je bouge régulièrement. Je ne plaide jamais depuis mon box. Il faut occuper l'espace. Et dans cet espace, je me sens bien, à ma place. »

C'est son petit rituel. Tous les avocats d'assises ont des habitudes qui les rassurent. Pour certains, ce sera le choix d'une couleur, pour d'autres la forme d'un vêtement ou encore un objet familier glissé dans la poche de la robe d'audience.

En début de carrière, tout est plus laborieux, calculé. Pour calmer le stress et l'angoisse, il ne faut rien improviser, ne laisser aucune chance à l'imprévu. Aussi la jeune pénaliste passe-t-elle des nuits entières avant le début des procès à gratter ses plaidoiries de défense. Tout est millimétré pour ne pas risquer d'être mis en difficulté et se montrer efficace quand ce sera à son tour de prendre la parole. Mais l'expérience venant, les journées au tribunal deviennent comme un terrain d'observation intense.

« En arrivant, je connais bien sûr par cœur mon dossier et mon client, mais je me nourris aussi de ce qui se passe pendant le procès. Une fois dans le box, confronté à sa victime, aux témoins, à l'avocat général qui va le titiller, mon client se comportera différemment que dans mon cabinet ou dans le parloir de la prison. Il se révèlera ainsi, de manière positive ou négative. Parfois, les personnes se braquent, comme Fabienne Kabou, par un mécanisme de protection ; mais d'autres, au contraire, s'ouvrent en dévoilant un pan de leur personnalité que moi-même, leur avocat, je ne connaissais pas. C'est de cette matière vivante que me viennent mes idées. Je note alors dans les moindres détails tout ce qui se passe sous mes yeux. Le mot, le geste, le regard de mon client, d'un accusé, d'un témoin, désormais me nourrissent. Je traque

l'expression qui sera celle du procès et qui le résumera à elle toute seule. C'est à partir de ce fil conducteur que je vais tisser ensuite ma plaidoirie. Cette expression devient souvent ma première phrase, mon accroche. C'est ce qui va me permettre d'attirer l'attention de la cour et des jurés. Elle me permet aussi de me conforter sur l'angle que je veux tenir. L'autre partie de la plaidoirie que j'écris également dans son entier, c'est ma chute. Ce par quoi je vais conclure la défense de mon client est bien évidemment capital. C'est sur ces derniers mots que le jury va se retirer pour délibérer. Il me faut à tout prix imprimer une idée, une image, celle que je souhaite, dans leur mémoire. Pour le corps de mon propos, je fais seulement un plan qui me permet d'ordonner mes idées, de ne surtout rien oublier. Ce plan, je l'écris quasiment toujours la veille au soir de ma plaidoirie, dans un état d'urgence absolue. Mais mon accroche, elle, je peux l'avoir trouvée dès le deuxième jour du procès. Au moment d'écrire ma plaidoirie, ma tête est remplie de mots, de phrases. Ça déborde presque. Je sais que le lendemain, je vais devoir faire basculer les choses. Alors, après avoir dîné, je m'installe à mon bureau et je me jette sur le papier, et tout fuse, d'un coup, de manière limpide. Je sais à présent qu'une plaidoirie ne peut s'écrire a priori. Je suis comme une éponge. Je prends, je me nourris pour être plus juste ensuite et taper dans le mille… »

Il y a d'autres fins observateurs d'un procès qu'un avocat ne doit en aucun cas négliger pendant les longues journées d'audience : ce sont les jurés populaires. Ces personnes ordinaires, tirées au sort, viennent assister les magistrats professionnels dans un procès d'assises. Elles sont six lorsque la cour statue en première instance, et neuf en appel.

« J'ai toujours croisé des jurés qui considéraient leur fonction avec sérieux. Assidus, prenant des notes, ils gardent une attention constante, aussi intenses et pénibles soient certains procès. Parce que si, depuis le canapé de leur salon, les gens condamnent facilement une femme infanticide ou un violeur, c'est autre chose de devoir décider de son sort. L'accusé(e) qui se retrouve devant eux n'est plus celui, ou celle, qu'ils ont aperçu(e) dans les images des journaux télévisés. C'est un homme ou une femme faits de chair et d'os, avec une famille, des larmes, des drames et des coups du sort. Être juré d'assises, je suis persuadée que cela fait évoluer la vision des gens sur la justice et la vie. »

Les jurés ont un rôle éminemment important. En cour d'assises, s'ils pensent qu'il y a un risque de partialité chez l'un des jurés, l'accusé et son avocat ainsi que le ministère public ont le droit de le récuser au moment du tirage au sort par le président, c'est-à-dire dans les premières minutes de l'audience.

« Je ne sais et ne saurai pas grand-chose d'eux. Les informations dont nous disposons sont maigres : nom, prénom, date de naissance, profession et commune de résidence. Mais grâce à ces premiers éléments, je peux commencer à faire mon choix. Ainsi, j'essaye toujours d'avoir un jury équilibré entre hommes et femmes. Je ne crois pas au mythe du jury de femmes qui condamnerait d'emblée un violeur ou du jury d'hommes qui

acquitterait un braqueur. Néanmoins, si l'on défend un violeur d'enfants dans un procès, je pense qu'il vaut mieux récuser une jurée assistante maternelle qui risque d'avoir un jugement très radical contre notre client. Je garderai plus volontiers un instituteur qui aura, à mon sens, une vision plus modérée sur la question, du moins au début de l'audience. »

Durant le procès, l'avocate regardera ces jurés avec une grande attention, car leur attitude pourra être révélatrice d'un appui, ou au contraire d'un rejet. Même s'ils s'appliquent à rester neutres, les jurés ne peuvent parfois retenir un hochement de tête, un raidissement du corps, un regard. *« Je plaide toujours au milieu du prétoire et souvent je m'approche aussi des jurés. Je suis parfois à cinquante centimètres de leur pupitre et je vais les chercher dans les yeux. Du coup, je repère très vite ceux qui évitent mon regard. Dans ces cas-là, c'est toujours très compliqué, car je cherche à capter leur attention pour essayer de les tirer vers moi, vers ce que je crois, vers ma ligne de défense. Et donc si je n'ai pas leur regard, je les perds. Mais il y en a aussi qui vous regardent facilement droit dans les yeux ou qui même, le matin, vous sourient en arrivant. Pendant le procès Kabou, mon confrère Frank Berton m'a chuchoté : "Tu as vu ce juré à droite ? Il m'a souri !" Cela signifiait que l'on avait réussi à le toucher, que l'on était allé le chercher, cet homme. Sans que ce soit leur métier, les avocats doivent se montrer très psychologues. »* Et ces jeux muets de séduction sont loin d'être anodins, car ils influent de manière certaine sur le sort de l'accusé. *« Parfois, le procès bascule sur des petits détails. Je me souviens d'un homme que j'ai défendu il y a une quinzaine d'années. Il avait tué son voisin. Incidemment, au cours de l'audience, on apprend qu'il a aussi tué son chien. À partir de ce moment-là, j'ai vu écrit sur la tête des jurés : ce type est un salaud, car il a aussi tué son chien… C'en était fini de lui. »*

Au cours du procès, le jury fonctionne très vite comme un bloc. *« Comme dans tous les groupes, il y a toujours une personnalité qui détonne, que tous les autres regardent et qui prend peu à peu l'ascendant. Il est très important pour nous de vite la détecter… Mais dans ce jeu d'influences, je préfère encore qu'il y ait un leader dans le jury, plutôt que celui-ci dans son ensemble soit trop sous l'influence de son président. Cette relation m'a toujours parue délicate. En effet, le président du jury est un magistrat professionnel ; or il a, face à lui, des jurés sans aucune formation ou à peine. Ceux-ci lui posent donc régulièrement des questions dans leurs échanges à huis clos et à cette occasion certains présidents ne se retiennent pas de donner leur avis, leur sentiment sur le procès en cours… donc de les influencer. Pour ces juges d'un jour que sont les jurés, il est très compliqué de s'y retrouver dans la machine judiciaire dont ils ignorent tout. Au cours de ma carrière, j'ai connu de grands présidents d'assises, et je pense en particulier à Catherine Schneider, présidente de la cour d'assises de Douai, qui était exemplaire. Elle connaissait à la ligne près son dossier. Elle laissait la parole circuler, mais elle savait aussi cadrer les choses. Elle faisait preuve en même temps d'une profonde humanité. Mais ce sont des cas rares. Souvent, il est facile de deviner ce que le président pense à sa façon de poser ses questions. Et logiquement, cela influence les jurés. »*

Selon Fabienne Roy-Nansion qui défendait David Delplanque, un des quatre condamnés de cette célèbre affaire de pédophilie du Pas-de- Calais, le procès d'Outreau a embarqué dans son fiasco des jurés qui doivent encore en cauchemarder la nuit. *« Ces hommes et ces femmes avaient une famille, des métiers et ils ont dû rester deux mois enfermés dans une cour d'assises à entendre les pires horreurs de la nature humaine. Ils ont dû assister aux coups de théâtre fomentés par Myriam Badaoui, la principale coupable. Si personne ne savait au départ combien de temps ce procès durerait, l'on n'imaginait pas qu'il serait aussi long. Quand les jurés sont sortis du procès d'Outreau, ils étaient à ramasser à la petite cuillère… J'espère qu'ils n'ont pas été émotionnellement trop détruits. »*

Devant l'ampleur de l'affaire, sentant le potentiel de ce procès à s'éterniser, le président de la cour de Saint-Omer, Jean-Claude Monier, avait tiré au sort de nombreux jurés suppléants pour prévenir des défaillances de titulaires. Ces jurés supplémentaires assistent au procès et à l'ensemble des débats mais ne délibèrent pas avec la cour et les jurés titulaires. *« Quand je quitte une cour d'assises au moment du délibéré, je lance souvent à ces pauvres suppléants qui sont consignés dans la salle : "Bon courage les punis !"* » La loi le leur interdisant, aucun de ces jurés d'Outreau n'a pu raconter officiellement cette aventure impensable. Ils étaient tenus, eux aussi, à garder le secret du délibéré, même après le prononcé de la décision.

Pour affronter les salles d'audience des cours d'assises, il faudrait plus de courage aux pénalistes femmes qu'hommes : c'est ce que Fabienne Roy-Nansion a souvent entendu murmurer sur son passage. Son aisance et son succès, n'ayant échappé à personne, ont fait d'elle une personnalité à part dans le monde judiciaire. *« Je suis très régulièrement sollicitée par toutes sortes de réseaux d'influence. Les différents clubs services, antichambres de la franc-maçonnerie, m'ont tous fait à un moment ou à un autre des appels du pied. Mais je ne suis pas dupe : ce qui intéresse ces confréries si masculines, c'est avant tout que je sois une femme. Un ami confrère de Boulogne-sur-Mer m'a avoué un jour qu'il avait réellement pour mission de me "recruter" pour le Rotary Club. Lorsque j'ai été bâtonnier, je me suis rendue à de nombreuses sollicitations, évènements et réceptions en haut lieu. À cette époque, je l'ai fait parce que je me devais de représenter le barreau boulonnais dans ces endroits. Me rendre visible rentrait dans les obligations de ma fonction. Mais quand je vois mes jeunes confrères, tous impatients de pénétrer ces réseaux pour développer leurs relations et leur clientèle, cela me laisse perplexe. Pour moi, un avocat qui appartient à un de ces clubs n'a plus les mains libres, car il s'engage ainsi dans une spirale de compromis. En tant qu'avocat et en tant que personne, je tiens plus que tout à ma liberté, même si je dois pour cela payer un prix fort. Si je tiens à le dire ici, c'est parce que très souvent, dans notre pays, quand vous sortez de nulle part et que vous réussissez, on pense aussitôt que vous avez bénéficié d'appuis bien placés pour vous hisser jusque-là. "Vous, vous avez des relations !" me lance-t-on très souvent. Or je suis fière de dire que non, je dois tout à mon seul travail. »*

Chapitre 3

Avocate du Nord

31 décembre 2017 : 7 h 30 : le mobile de Fabienne Roy-Nansion vibre. Toute la maisonnée dort profondément. La veille au soir, l'avocate a fêté son anniversaire en famille. Malgré l'heure matinale, le téléphone insiste. « Il y a eu un grave accident la nuit dernière, sur Boulogne, Maître. Il y a un mort, un gamin. On vient de retrouver celui qui conduisait la voiture qui a foutu les jeunes en l'air, il n'était pas seul à bord. Il y a plusieurs gardés à vue et comme vous êtes de permanence, ben, on vous attend dès que possible », explique rapidement un policier. De permanence ? Première nouvelle ! Ça tourne pourtant comme ça au barreau de Boulogne, cinq ou six avocats inscrits pour la semaine du vendredi 19 heures au vendredi suivant même heure. Cette fois, une âme bien intentionnée a inscrit d'office Me Roy-Nansion pour la trêve de fin d'année, l'habitude de voir son nom revenir sur les listes de volontaires sans doute…

Les commis d'office ont idéalement deux heures pour arriver après avoir été appelés par l'officier de police judiciaire. De jour comme de nuit. Ce matin du 31 décembre, il y a de quoi râler un peu. Un saut à la salle de bains, retrouver les clés de sa voiture et attraper sur la table un reste du gâteau de la veille. Ce sera toujours ça d'avalé, la journée promet d'être longue. Les permanences de garde à vue – les « GAV », comme on dit dans le jargon judiciaire –, c'est souvent la même musique. L'entretien avec le gardé à vue n'excède pas trente minutes, mais une loi passée en 2011 permet également la présence des avocats pendant les auditions et les interrogatoires de police. *« Une GAV, on sait comment cela commence, mais on ne sait jamais comment ça se termine. Quand, à 22 heures, je me retrouve face à un policier qui ne paraît pas particulièrement pressé d'en finir avec le dossier, il m'arrive de me dire ironiquement : "T'as passé l'âge de faire des trucs pareils, ma pauvre fille"... »* Et pour cause ! Ces permanences sont réservées, en général, aux jeunes confrères. Après trente ans de barreau, il serait facile de passer son tour. Mais non. *« Quand la loi de 2011 est passée – j'étais alors bâtonnier du barreau de Boulogne –, il fallait montrer l'exemple en étant la première à s'inscrire sur la liste des volontaires, et puis le pli a été pris. Dans les "GAV", nous sommes des urgentistes. Quand tu arrives, tu ne sais en général même pas pourquoi tu es là. Un viol, un homicide, on ne t'en a pas dit beaucoup plus... Ton client, tu le découvres à ce moment-là, et tu ne sais pas ce qu'il a fait exactement. Il n'empêche que ta présence est nécessaire. Les rendez-vous avec le juge, la robe d'avocat sur le bras, c'est très bien, mais il y a autre chose dans la justice pénale.* »

Dans les GAV, tombent en cascade des histoires brutales, des gens paniqués, en pleurs, qui ne supportent pas la privation de liberté, leur premier enfermement. « *Une fois, j'ai eu un client qui était réellement claustrophobe. Il était dans un état pas possible. Il hurlait, transpirant à grosses gouttes : "Je ne rentre pas dans ma cellule !" J'ai dit aux flics : "Appelez un médecin pour l'aider à se calmer, lui donner un petit médicament." On ne va pas quand même pas, enfermer quelqu'un qui souffre de claustrophobie !* » C'était l'époque où les geôles de Boulogne-sur-Mer ressemblaient à des pissotières. « *Les types étaient gardés à vue dans des chiottes à la turque. Ça puait la mort. Il faisait très froid. L'horreur. Les flics ne nous obligeaient quand même pas à voir nos clients là-dedans. On finissait souvent dans le bureau d'un policier qui nous laissait sa place le temps des trente minutes d'entretien.* » Des travaux pour améliorer l'endroit, le rendre plus propre et plus chaud, y ont finalement été réalisés il y a trois ans. L'autre problème majeur des GAV du Pas-de-Calais, c'est l'état des prévenus. Très souvent, les taux d'alcoolémie sont si élevés qu'ils rendent impossible la lecture des droits. Il faut s'armer de patience et attendre que les vapeurs d'alcool se dissipent un peu. Entre ces moments d'urgence, il y a des accalmies, comme ce café-croissant partagé un dimanche matin avec les gendarmes, après un de ces appels au saut du lit. *« Mais c'est surtout la nuit que ces moments de gard'av' deviennent étranges, vraiment à part. On est comme hors du monde, hors du temps. »*

Ce 31 décembre, il ne lui faut pas plus de vingt minutes pour arriver au commissariat. Elle se présente à son nouveau client. « Je sais qui vous êtes, répond-il aussitôt. Les flics m'ont dit qu'en plus vous êtes connue. Dans mon malheur, j'ai un peu de chance alors… » Damien est jeune, la vingtaine à peine. Pendant la discussion, son visage doux se crispe violemment à plusieurs reprises. Affolé, il ressasse une phrase à voix basse : « Mon patron va me tuer, je vais perdre mon boulot. » De l'accident fatal de la nuit du 30 décembre, il ne sait presque rien. Il dormait sur le siège arrière, saoul de sa soirée trop arrosée, quand tout est arrivé. Il n'a pas vu son demi-frère, Rémi, heurter un groupe de jeunes, au volant d'un rutilant coupé Mercedes blanc. Le choc a eu lieu sur la route de l'Aiglon, une départementale sans éclairage public réputée dangereuse, juste au niveau du cimetière britannique de Terlincthun. Mais après une nuit à faire la fête dans la boîte de nuit Le Domaine, les jeunes se disent souvent qu'ils peuvent rentrer à pied, que ce n'est vraiment pas loin. Ces gamins, ce sont ceux du Chemin Vert, cette cité ouvrière. Florentin, dix-sept ans, et ses sept autres amis viennent tous de ces HLM. « Bientôt, on verra les lampadaires de l'Intermarché. On aura dépassé le camp des forains », se disent-ils pour se donner du courage dans le froid cru de décembre qui les mord dès leur sortie de la boîte. Rémi et Damien, eux aussi, ont passé la soirée à s'amuser au Domaine. Ils devaient rentrer tous les deux, mais ils rencontrent sur le parking leur troisième demi-frère accompagné de deux amis. À la dernière minute, Rémi décide de faire le taxi pour tout le monde. Mais sur la courte route du retour, il perd le contrôle de son bolide, évite de justesse un premier groupe de trois jeunes, fait une embardée et vient percuter par derrière cinq autres jeunes qui remontaient la rue de l'autre côté. Parmi eux, Florentin, frappé de plein fouet, est projeté à terre. Malgré le choc, Rémi et ses passagers poursuivent leur route, s'enfuient. Réveillé par la secousse, Damien ouvre un œil et demande ce qui s'est passé. « Rien », lui répond Rémi. Quelques minutes plus tard, un taxi déboule sur la scène de l'accident, toujours plongée dans le noir profond de décembre. Le chauffeur voit des gamins lui faire des signes pour qu'il s'arrête, la lumière de leurs téléphones mobiles allumés. Mais il panique, croyant à un car-jacking, accélère, roule sur le corps de Florentin et le traîne sur deux cents mètres.

Dans les heures qui suivent, la cité du Chemin

Vert s'enflamme. La mort de Florentin et la fuite du premier conducteur révoltent les habitants. Tout le monde veut savoir qui a fait le coup. Aussi, quand les deux demi-frères sont interpellés le lendemain, la nouvelle s'y répand comme une traînée de poudre. *« Damien me disait : "On va se faire taper sur la gueule…" Il s'inquiétait pour sa jeune femme qui venait d'accoucher, sentant le danger planer sur elle aussi. »* Le 1er janvier, pendant les interrogatoires des prévenus, la moitié de la cité est là, sur les marches du palais de justice, pour les attendre, et les esprits s'échauffent. Ils veulent leur faire la peau. Les avocats, devront sortir un par un avec leurs clients, sous escorte policière, et surtout sans robe d'avocat, et fonceront directement dans leurs voitures. *« Sentant un air de vendetta monter dans la cité, j'ai dit à Damien de ne surtout pas retourner chez lui le soir même, voire de disparaître quelque temps. Je crois qu'il a écouté mes conseils. Mais le Chemin Vert est un microcosme. Tous ces gamins se connaissent, ils sont parfois de la même famille. Deux mois plus tard, Damien m'a envoyé des photos de son visage tuméfié. Des gars de la cité l'ont retrouvé et voulaient lui régler son compte… »* L'affaire est toujours à l'instuction.

Sur la route du retour, ce soir du 1er janvier, il fait de nouveau un froid glacial. L'avocate se méfie des plaques de verglas sournoises. Son siège chauffant adoucit le trajet. Ses pensées vagabondent déjà vers la rentrée du lendemain et la reprise au cabinet, place de la Résistance, dans la vieille ville fortifiée de Boulogne. Un ancien magasin de chaussures et sa réserve, achetés en 1998 au départ à la retraite du propriétaire, chausseur de père en fils. Demain matin, quand elle poussera, peut-être un peu plus tard que d'habitude, l'épaisse porte d'entrée en verre sablé et plastique gris, les filles seront déjà là. Nat aura fait chauffer le café dans le petit vestibule et empilé, dans l'ordre des rendez-vous, les dossiers du jour. Gigi et Véro, les deux autres assistantes, se raconteront, leur tasse à la main, leur repas de famille en riant de bon cœur. Juste au-dessus, la jeune Pauline sera au calme dans son bureau peint d'un blanc lumineux, à lister ses questions pour la prochaine audience d'un client qu'elle ira défendre, seule cette fois. Dans la partie adjacente du cabinet, il y aura certainement sa collaboratrice, Catherine, à moins qu'elle n'ait prolongé ses vacances pour rester un peu plus longtemps avec ses enfants. Ce petit gynécée, c'est son cocon. Une fine toile précieuse, enveloppante, qui a été longue à tisser : *« Ici, c'est un cabinet de nanas et je préfère franchement que ça le reste. Les femmes sont des bosseuses de fond, des chercheuses de petites bêtes, des "emmerderesses" et ça me plaît. Les hommes survolent plus les dossiers, ils sont même parfois trop dilettantes. Peut-être, malgré tout, que je leur ouvrirai la porte un jour, car je sais aussi à quel point une masculinité peut recentrer les choses. »*

À ses débuts, c'est encore une femme, une certaine Mme Decobert, qui la sort d'une situation professionnelle délicate : *« Le 14 décembre 1988, je prête serment et quinze jours plus tard, je me retrouve sans "patron" et sans boulot. J'avais claqué la porte de mon premier cabinet, celui de Me Éric Rembotte. Il avait dix ans de plus que moi et cherchait un collaborateur qui pourrait l'épauler dans ces gros dossiers d'affaires bancaires qui l'absorbaient. Mais il avait visiblement oublié que, quand on vient de terminer ses études d'avocat, on a encore beaucoup à apprendre du métier. Il passait son temps à me dire que je ne servais à rien, que j'étais nulle. Il m'envoyait faire le taxi entre Calais, où se trouvait son cabinet, et le tribunal de Boulogne pour déposer des dossiers. Je passais mes journées en voiture. À la mi-janvier 1989, me voyant faire constamment la navette, le bâtonnier du barreau boulonnais me demande : "Mais qu'est-ce qui se passe ici ?" Il insiste pour déjeuner avec moi, que je lui parle de ma situation, et je ne sais pas s'il m'a aidé à prendre une décision qui couvait doucement, mais le soir même, après avoir assuré mes rendez-vous de l'après-midi, j'ai dit à mon "patron" que je le quittais. Alors que je lui rendais les clés du cabinet, il a eu cette phrase inoubliable : "Tu n'es pas du tout faite pour ce métier, si j'étais toi j'en changerais." »*

Impulsive, piquée au vif dans son orgueil, la jeune avocate de vingt-cinq ans part la tête haute mais se retrouve seule. À l'époque, un stage de vingt-quatre mois est obligatoire pour tout débutant. Mais elle n'a pas eu d'autre choix que de faire sans et de sauter plus vite que prévu dans le grand bain !

« Durant ces temps agités, j'ai pensé fortement à quitter Boulogne, rentrer à Arras chez mes parents ou retourner sur Lille où j'avais fait mes études, mais je ne connaissais personne là-bas pour me pistonner. C'était déjà pour cette raison que j'avais atterri, là pour mon premier stage, alors qu'initialement j'aurais voulu débuter au tribunal de grande instance de Lille. Sans réseau, évidemment, ça n'avait pas marché. Peu réclamée, Boulogne-sur-Mer restait sur la liste des stages vacants. Les parents d'un ami pouvaient m'y loger. Je suis donc arrivée dans le boulonnais en mai 1988 avec ma petite valise. Je ne savais même pas où se trouvait le palais de justice quand j'ai débarqué à la gare. »
Au barreau de Boulogne, il y avait à l'époque seulement 35 avocats – 125 aujourd'hui. Des cabinets installés de longue date qui, à l'époque, ne recrutent pas. Entre-temps, son ancien maître de stage ne s'est gêné pour saper sa réputation. Toutes les portes restent closes. Chaque jour, le bâtonnier la presse de trouver un domicile professionnel sous peine d'être, très vite, radiée du tableau de l'ordre. Pris de pitié, un vieil avocat évoque l'étude vacante de Me Decobert, décédé deux ans plus tôt. Il croit savoir que sa veuve possède encore les locaux. C'est bien le cas. Rien depuis son décès n'a bougé dans le bureau de l'avocat. Ses blocs-notes entamés, ses stylos, sa machine à écrire, son vieux photocopieur sont

restés là. Sur les étagères, des soldats de plomb de Napoléon et une maquette de chalutier prennent la poussière.

« C'était douloureux pour sa veuve de penser à une suite après son mari qu'elle vénérait. Le cabinet était devenu un sanctuaire. J'ai enfin réussi à la convaincre un soir, les larmes aux yeux, en lui disant : "Madame Decobert, si vous ne me prenez pas, je suis foutue !" J'ai dû lui promettre de ne jamais toucher à la décoration, et alors elle m'a aidée à relancer l'étude de son mari. Grâce à elle, trois mois après ma sortie de l'école, je posais ma plaque ! Elle m'a aussi appris mon boulot dans ses moindres détails procéduraux, car elle avait été l'assistante de son mari pendant trente ans. Elle avait une mémoire d'éléphant, se souvenait d'anciennes affaires similaires aux miennes. Je me plongeais dans les dossiers de feu Me Decobert et j'apprenais beaucoup. » Voilà la jeune débutante, couvée par l'amour filial de cette veuve, fille de la DDASS, et par l'ombre bienveillante du disparu Me Decobert, un fils de cheminot qui avait lui aussi dû batailler pour se faire sa place au barreau boulonnais. Ce premier cabinet deviendra le théâtre de six premières et heureuses années de travail acharné.

Malgré ces débuts agités, la jeune avocate résiste, s'accroche à Boulogne-sur-Mer. Comment ne pas tomber amoureuse de la côte d'Opale ? Sa mer capricieuse aux mille teintes de gris et de vert, le jaune vif des champs de colza en bord de falaise, la splendeur sauvage de la campagne : tout lui plaît. Chaque jour, le ciel dégagé du matin, si cristallin, laisse entrevoir au loin les côtes anglaises. Même le cap Gris-Nez semble s'avancer pour les chatouiller du plus près possible. *« Il y a trente ans, j'ai longé cette route qui relie Boulogne à Calais pour la première fois avec mon vieux copain avocat Hervé Leclercq qui avait grandi là. Il faisait très beau, la lumière était magique. J'ai été éblouie. »* Certains soirs d'été, quel plaisir de filer sur Wimereux, à dix minutes au nord en voiture, pour profiter de son front de mer cossu et de ses villas balnéaires posées là depuis la mode des bains de mer. S'organisent alors sur la digue de petits apéros entre amis au creux des cabanes de plage peintes en bleu et blanc. *« Quand on est là-bas, au coucher du soleil, on se dit que l'on n'est finalement pas dans la pire des régions. »*

Sur cette route des Deux-Caps, l'avocate croise aussi depuis quelques années des silhouettes furtives, des migrants qui cheminent, longeant une côte plus habituée aux randonneurs. C'est ici que certains finiront par se jeter dans la mer, espérant survivre à la quarantaine de kilomètres de nage à travers la froide Manche qui claque et qui gronde et ainsi rejoindre l'eldorado britannique. Beaucoup s'y noieront.

Bien avant les récentes crises migratoires, il y avait déjà beaucoup d'errances sur ces terres de l'Opale. Depuis des années, la dureté de la région saute aussi au visage. Dans le premier port français, la pêche est en déclin. Les « boîtes à poisson » ferment une à une, les rideaux de fer des magasins du centre-ville sont définitivement tirés. Boulogne s'enfonce peu à peu dans la crise. Beaucoup pointent désormais au chômage, vivent du RSA. Pour bénéficier des services d'un avocat, ils dépendent, la plupart du temps, de l'aide juridictionnelle totale. C'est la misère dure. L'avocate rompue au droit de la famille entre dans l'intimité de ces foyers précaires, lit les comptes rendus des huissiers qui débarquent à l'aube dans des taudis d'où l'on n'a même plus l'idée de jeter les ordures. Où les enfants s'entassent pour dormir sur un canapé crasseux. Ces âmes perdues, ces « noyés » ne la quitteront plus. *« Il y a quelque chose de spécial, ici. Certes, les gens souffrent et cela va crescendo, mais leur fierté, leur humanité continuent de me toucher. »*

À la manière d'un médecin de famille, elle écoute avec compassion les maux des autres et se fait un devoir de les défendre. Pour mieux soutenir cette femme originaire de Desvres, la capitale de la faïence dans le Pas-de-Calais, venue lui demander de l'aide avec son peu de mots, elle va jusqu'à se plonger dans le patois boulonnais. *« Franchement, au début de ma carrière, j'étais gênée de demander à mes clients de répéter ou de m'expliquer ce qu'ils venaient de dire. Mais je n'y comprenais vraiment pas grand-chose. Je voyais que, de leur côté, ils faisaient des efforts pour s'exprimer en français, mais du coup il y avait comme une gêne, un voile qui se glissait entre eux et moi. »* Cela devient un apprentissage amusant. Figure ed' proue : tu as une tête bizarre. Epeutnaert de jardin : planté là comme un épouvantail, un imbécile. Té rev' des genoux : tu n'es pas bien… Les expressions ch'ti s'impriment dans sa tête.

« Michèle, la nounou de mes enfants, me donnait plein d'expressions typiques. Son père Louis et son mari Raymond travaillaient à Capécure, le quartier du poisson où l'on parlait le patois local sur les quais. » Plus question dès lors de rater le célèbre spectacle local, la revue patoisante boulonnaise qui, à grand renfort de chansons, de danses et de jeux de mots, brocarde l'actualité de la région. *« À une époque, c'était Ch'Guss, ce comique impayable aux envolées en patois, qui tenait la vedette. Sur scène, il était toujours coiffé d'un béret, vêtu d'un costume trop court et de chaussettes rouges. »* Dans la salle du théâtre Monsigny, assise au milieu des Boulonnais hilares, c'est la petite fille du Nord qui rit de bon cœur. Celle née au pied des terrils, descendante d'ouvriers immigrés hongrois. *« Ma famille était installée dans le bassin minier autour de Lens, je suis née à Douai puis j'ai grandi à Arras, mais je crois que j'avais quand même les codes d'ici. »*

Tsiganes austro-hongrois, ses arrière-grands-parents fuient le nazisme et leur pays dans les années 1930, traversent l'Europe de l'Est dans des conditions de misère extrême. Arrivés en France, ils font ce qu'ils savent faire : du gavage d'oie… dans les corons. Leurs enfants, eux, sont allés à la mine. *« Ma grand-mère y était trieuse de gaillettes (charbon en patois) ! »* Dans cette grande famille, déchirée par l'exode, la pauvreté et la déportation, on cuisine et on danse, malgré tout, au son des balalaïkas. Cette culture de l'Est, chaleureuse et haute en couleurs imprègne à jamais la mémoire de la petite fille. *« Avec mon frère Herbert, chaque jeudi, on s'amusait ainsi dans les corons miniers, notre terrain de jeu. Mais ce que je préférais par-dessus tout, c'était grimper sur le porte-bagages de ma grand-mère, devenue veuve. Elle quadrillait Noyelles-sous-Lens à vélo, qu'il pleuve ou qu'il neige, pour aller faire le ménage dans les écoles du coin. Sur le sol des salles de classe désertées, je ramassais des petites gommes ou de jolis stylos qui traînaient. Me reste aussi le souvenir des paquets de sucre et de farine que l'on déposait à la poste pour aider une partie de la famille restée en Pologne et qui criait famine. »*

Autre chose s'est imprimé profondément en elle, de la culture familiale : sa croyance en Dieu. Prendre les écritures bibliques comme grille de lecture du monde alentour et du comportement des hommes en ce bas monde, c'est l'héritage d'un père. *« Papa était fondamentalement croyant même s'il n'allait pas à l'église. Il avait toujours une petite Bible glissée dans sa poche. Je ne crois pas l'avoir jamais vu sans. Sans être bigote, il m'arrive d'éprouver le besoin d'aller me recueillir dans une église. »* Jusqu'à ses dix-huit ans, elle fait partie de la Jeunesse ouvrière chrétienne, ce mouvement d'éducation catholique, créé au début du XXe siècle, à l'intention des jeunes issus des milieux populaires et très en vogue à son époque. *« Avec ma frange dans les yeux, mes chemises coupées comme des casaques hongroises et ma croix en bois autour du cou, je jouais de la guitare sèche tous les dimanches à la paroisse Saint-Sauveur d'Arras. L'ambiance de ces célébrations était très festive. On jouait de la musique à demi assis sur l'autel. Nous étions dans une église aux lignes modernes, le prêtre de la paroisse était un homme formidable, très avant-gardiste dans sa façon de vivre la religion. Je me souviens qu'il avait fait venir une fois un gynécologue pour nous parler d'éducation sexuelle. Il prêtait même son église à des gens qui voulaient se marier sans pour autant être croyants. Nous les jeunes, nous réfléchissions à ce que l'on pouvait faire pour aider les autres. On faisait les courses des petits vieux de la paroisse. Ces moments restent des souvenirs incroyables qui m'ont, je peux le dire avec le recul, beaucoup construite.* »

Si la future avocate a du mal avec le principe fondateur de résurrection du dogme catholique, l'idée qu'un homme ou une femme qui ne fait rien pour autrui ne laissera aucune trace sur cette terre lui convient mieux. Les images de sœurs missionnaires la marquent beaucoup. En revanche, elle comprend très vite que la contemplation ne sera pas pour elle.

C'est peut-être de cette transhumance familiale et de cette espérance profonde en l'homme – plus qu'en Dieu – que viennent sa capacité d'indignation et son goût pour la justice. « *Je crois que je suis entrée à l'ordre des avocats comme l'on entre dans les ordres, avec une ferveur tout aussi forte. Pour le discours de ma première élection à la fonction de bâtonnier, j'avais eu ces mots : "Je suis entrée au barreau comme on entre en religion." Aux jeunes avocats qui s'inscrivent au barreau de Boulogne, je glisse toujours cette phrase. Le serment que nous prêtons est empreint d'humanité, c'est un engagement. Être avocat, c'est un état, pas un métier. Mais, honnêtement, je ne me souviens pas quand l'idée m'est venue de le devenir, j'ai l'impression que c'est en moi depuis toujours. C'était comme une évidence, je dirais, plus qu'une vocation. Mon père me disait que, toute petite déjà, j'étais assoiffée de justice, toujours à contester, à revendiquer. Je crois que c'est le premier à m'avoir dit : "Tu ferais un bon avocat !"»*

Aussi, naturellement, après le bac, direction la fac de droit à Lille. La famille ne roule pas sur l'or, mais c'est une chance d'avoir une fille qui fait des études. Le père, comptable, et la mère, ancienne sténodactylo, se serrent la ceinture pour lui louer une chambre à Lille. Chaque week-end, c'est le retour à Arras avec le ballot de linge sale et les Tupperware vides. La semaine, elle s'efforce de ne rien dépenser pour pouvoir manger à tous les repas. *« Ma mère débarquait souvent à l'improviste pour me surveiller un peu. Mais je bossais comme une folle. Mon père me répétait qu'il ne pourrait pas me financer une année de plus. Je savais donc que je ne pouvais pas redoubler. J'étais une élève assidue, assise au premier rang de l'amphi, et quand le prof éternuait, je notais "atchoum" sur mon cahier. »* Elle ne participe jamais aux fêtes de la fac de droit, les fameuses « soirées de la balance », mais observe d'un œil lointain ces nombreux fils et filles à papa qui flambent la nuit et sèchent les cours du lendemain. Tout prouve chez eux qu'ils ont de l'argent. Les garçons sont en costard cravate, les filles avec des sacs à main de marques. *« Je ne me rappelle pas que je les enviais. Je savais juste que je ne pouvais pas me le permettre. À l'époque, j'étais fan de la chanteuse Jeanne Mas. J'avais les cheveux rasés sur les côtés. Je ressemblais à un épouvantail à moineaux plongé dans ses bouquins. En troisième année, je suis tombée sur une bande de copains de mon milieu social, et je suis sortie un peu plus. Avec Frédéric Brazier, aujourd'hui avocat à Lille et dont la mère était assistante sociale près de Béthune, on se comprend, on se sent proches. »* De futurs avocats, fils et petits-fils d'ouvriers, d'emblée marqués par leurs origines, marginaux dans un milieu investi par les couches supérieures de la société. De futurs avocats qui, plus tard, n'auront pas la condescendance des bourgeois.

Chapitre 4

Revenir à Outreau

Au volant de sa voiture, Me Roy-Nansion s'impatiente. *« Les Tilleuls, les Capucines... Mais enfin, je ne comprends pas. Ces noms de fleurs sur les bâtiments ne me disent rien du tout. C'est pourtant bien là, la Tour du Renard... »* Après quelques détours dans la cité d'Outreau, les voilà enfin, au bout d'une ruelle sans nom, les oiseaux qu'elle cherche, les Fauvettes, les Mésanges et surtout les Merles. C'était là, dans ce quartier HLM baptisé la Tour du Renard, que vivait le couple Delay-Badaoui condamné dans une des plus grandes affaires françaises de pédophilie et dans laquelle l'avocate est intervenue. Des parents désaxés y faisaient subir viols et abus sexuels à leurs propres enfants et à d'autres mineurs. Les barres d'immeubles des années d'après-guerre, construites dans l'urgence, sont aujourd'hui grises de poussière, au sol parfois, vertes de moisissures ; les bâtiments et leurs intérieurs de plus en plus vétustes. Sur le pignon de l'une des tours, une fresque de street art aux couleurs criardes. Tout est calme, presque trop. Les habitants semblent s'être enfuis, les endroits figés. Ici, de 80 à 90 % des locataires pointent au chômage et leur domiciliation n'arrange pas leur CV. Le quartier était stigmatisé après l'affaire. Plus personne n'osait dire qu'il y habitait. De cette affaire, de ces lieux, restent des souvenirs amers.

C'est bientôt la fin d'une époque. Dans le cadre d'un plan d'urbanisme, la Tour du Renard sera détruite début 2019. Une façon de chasser définitivement tous les fantômes qui rôdent par ici ? *« Raser la tour ne changera rien au fond. La page de l'affaire d'Outreau n'est, hélas, pas tournée. Les enfants victimes, les fils et filles d'accusés ou d'acquittés grandissent. Certains parleront certainement, plus tard. Ils en auront peut-être même besoin pour se reconstruire. D'autres histoires émergeront, j'en suis persuadée. »* Quinze ans après cet inoubliable procès d'assises, la « tornade noire » qui s'est abattue sur Outreau, ville ouvrière au sud de Boulogne-sur-Mer, n'a pas fini de faire parler d'elle.

Ce 4 mai 2004, pour Fabienne Roy-Nansion, qui a tout juste quarante ans, c'est le grand saut avec ce procès hors norme, un premier grand bain médiatique. À la barre de la cour d'assises de Saint-Omer dans le Pas-de-Calais, se succèderont 17 accusés, 24 avocats, et deux mois d'assises rocambolesques. Une course de fond physique aussi, avec durant ces 54 jours le trajet aller-retour entre le tribunal de Saint-Omer et Boulogne-sur-Mer, soit une heure et demie de route quotidienne. À l'époque, Roy-Nansion est jeune mais pas inexpérimentée. Des affaires de pédophilie, des « mini-Outreau », elle en a déjà vu passer dans son cabinet. La région du Boulonnais est fortement touchée par ce mal. Mais cette fois, tout va prendre des proportions délirantes et la tension est palpable dès le début du procès. *« Je ne suis pas particulièrement impressionnable, mais ce qui avait été relaté tout le long des interrogatoires était déjà insoutenable. Myriam Badaoui nous avait livré des confessions ignobles, qu'elle décrivait par le menu, toute une crasse qui nous a collé à la peau. Un jour, j'ai même dû quitter le bureau du juge d'instruction. J'ai eu une syncope quand Mme Badaoui, avec une précision diabolique, nous a relaté une scène orgiaque avec des bergers allemands qui violaient des enfants, puis le meurtre d'une petite fille dans son pyjama rose, qui tenait sa poupée dans les bras. »*

Malgré le cirque ambiant, elle doit rester concentrée sur la défense de son client, David Delplanque. Il a très vite avoué sa culpabilité dans les viols des enfants. Pourtant, ce voisin du couple Badaoui-Delay, compagnon d'Aurélie Grenon, est loin d'être un cas facile. Ce grand échalas d'un mètre quatre-vingt-quinze, large d'épaules, tatoué mais fermé comme une huître, lui a donné du fil à retordre. *« Bien sûr, j'ai eu des doutes sur les déclarations de David, je l'ai vu hésiter, puis affirmer, puis se rétracter, et je comprenais que c'était un suiveur. Il répétait tout ce que disait Mme Badaoui. Une fois, je l'ai pris entre quatre z'yeux, je l'ai collé contre un mur et je lui ai dit : "Mais enfin, qu'est-ce que vous faites ? Je ne comprends plus ! Si ces gens sont coupables, dites-le, mais s'ils sont innocents, je vous en supplie, dites-le aussi !" Il faut connaître son Delplanque pour comprendre ses réponses. Les yeux sur ses chaussures, il me disait : "Je vous l'ai dit, lui, c'est vrai il y était lors des séances de viol." Quand je me fâchais, il m'envoyait balader : "Puisque je vous le dis, qu'il y était, enfin, foutez-moi la paix." Il ne rêvait que d'une chose, qu'on le remette dans sa cellule qu'il ne quittait jamais.* » S'en est suivi une plaidoirie marquante de la jeune avocate qui, s'adressant aux jurés, termine ainsi : « *Je vous le confie comme je vous confierais mon frère ou le meilleur de mes amis. Ce qu'il a fait est moche, mais je sais que vous ne le condamnerez pas sans savoir qui il est.* » Éric Dussart, grand reporter et chroniqueur judiciaire à *La Voix du Nord*, est un des seuls journalistes présents dans la salle en ce début de journée : « Me Roy-Nansion avait plaidé très tôt en matinée. Avec 17 accusés, le rythme des plaidoiries était plutôt soutenu. Je me préparais à finir tranquillement ma nuit quand son ton, sa conviction et la force qui émanait d'elle dans le prétoire m'ont réveillé en sursaut. J'ai noirci mon cahier de notes et j'ai appelé aussitôt après mon journal pour obtenir plus de place ce jour-là pour pouvoir relater sa plaidoirie qui m'avait littéralement cloué... » Malgré sa culpabilité avérée, David Delplanque écopera de six ans de prison ferme pour viols multiples sur des mineurs – trois des quatre enfants Delay –, atteintes sexuelles sur mineurs et corruption de mineurs. Il n'a pas fait appel, il avait déjà fait trois ans en détention provisoire quand il a été libéré en juillet 2005. *« J'avais fait mon travail d'avocat pour mon client, mais en réalité j'ai su, dès ce moment, que la justice accouchait de quelque chose qui n'était pas satisfaisant. Six ans pour des viols avoués, contre huit ans par exemple pour l'abbé Wiel qui clamait son innocence, cela paraissait incohérent... »*

Une nouvelle vérité a depuis été prononcée pour chacun, condamné ou acquitté. Le tsunami judiciaire est aujourd'hui soldé mais, régulièrement, on sent encore les répliques dans les bureaux d'avocats de la région. Sans cesse, tout ramène à Outreau, terre maudite. En témoignent les accusations récurrentes des enfants de Franck Lavier, un des acquittés d'Outreau. *« Peu après son acquittement, Franck – que je défends depuis 2005 – et son épouse ont voulu récupérer leurs enfants qui avaient été placés. C'était une procédure de longue haleine menée au tribunal de Boulogne-sur-Mer et nécessitant un suivi attentif. Frank Berton, son avocat pendant Outreau, m'a demandé alors de le prendre en charge, car depuis Lille il ne pouvait assurer ce suivi. »* Mais en 2011, les époux Lavier sont placés en garde à vue pour violences sur deux de leurs cinq enfants. Lors des perquisitions, les policiers trouvent au domicile familial des vidéos montrant une fête arrosée durant laquelle des adultes partiellement dénudés simulent, en présence d'enfants, des actes sexuels. En 2012, Franck et sa femme sont tous deux condamnés à dix et dix-huit mois de prison avec sursis pour « violences habituelles » sur leurs deux enfants. En 2016, le sort les rattrape de nouveau. Cassandra, leur fille alors âgée de dix-sept ans, affirme avoir subi des abus sexuels de la part de son père – ce que ce dernier nie farouchement.

À ceux qui lui reprochent de défendre Franck Lavier, l'avocate rétorque que *« celui-ci est sorti acquitté de l'affaire d'Outreau et que, comme toute personne, il bénéficie à ce stade de la présomption d'innocence »*. Une innocence que Lavier clame haut et fort mais qui continue de faire débat au sein de l'opinion publique, et même de la magistrature. « Fabienne Roy-Nansion est une avocate qui n'a pas peur de s'attaquer à des affaires compliquées. Je le pense sincèrement : il faut du courage pour défendre Frank Lavier aujourd'hui. Les acquittés d'Outreau ont tous morflé, et ce encore bien après le procès. Il y a cette idée qui leur colle à la peau : "Vous, vous pouvez vous permettre encore moins que les autres" », explique le journaliste Éric Dussart. Fabienne Roy-Nansion ne parle pas, elle, de courage mais juste du fait d'être avocat : « *Je ne suis pas un avocat de victimes, ni un avocat d'accusés, ni l'avocat des femmes ou des hommes. Je suis tout le contraire d'un avocat militant. Je ne me revendique de rien. Je ne prends pas la barre pour une tribune. Je porte la parole de celui qui me la confie et c'est à ce titre que je défends Franck Lavier, comme je défends tous les autres.* »

La fidélité à cette ligne lui a permis de lever le voile sur un autre pan de l'affaire d'Outreau à l'été 2014. Ce 20 juin, il pleut des cordes. Trois femmes entrent en trombe dans son cabinet, assombri par l'orage. Il y a d'abord la mère, Marie-Line, la cinquantaine, suivie de ses deux filles, Jenifer et Sophie. La mère, brune à l'allure simple qui cache un doux regard derrière ses lunettes embuées, ne cesse de sangloter. Elle rappelle furtivement les pleureuses siciliennes. Entre deux hoquets, elle reprend son souffle et lance : « *Je viens vous voir, Maître, parce que je veux divorcer.* » Par réflexe et sans attendre la suite, l'avocate lui demande pourquoi. Ces premiers motifs, lâchés dans les chaudes larmes et la colère brute, sont souvent les plus crus mais aussi les plus utiles pour un avocat. C'est là qu'il ira ensuite puiser le cœur de sa défense. À cet instant, il n'y a pas encore de faux sentiments, de mauvaises raisons, pas encore d'incidences, de remords, d'influences, de mensonges, de discours de circonstances.

Ils viendront bien assez tôt pour brouiller les jugements et les visions.

Marie-Line répond en baissant la voix : « À cause de ce qu'il a fait aux filles… » Ses filles Jenifer et Sophie n'ont rien dit jusque-là. Les deux sœurs, brunes aussi, ne se ressemblent pas. L'une est filiforme, cheveux longs et grands yeux qui lui mangent le visage. L'autre, plus enveloppée, apprêtée, frange parfaitement lissée dans une chevelure d'un noir trop profond. Elles semblent mal à l'aise, engoncée dans ce fauteuil en cuir pour l'une, à peine assise sur le bord de la chaise qu'il a fallu rajouter pour l'autre. Mais elles ne pleurent pas. Elles baissent seulement les yeux. Leurs mâchoires semblent plâtrées, cousues. Les mots sortiront difficilement de la bouche de ces sœurs. Il va falloir retisser lentement le passé des trois femmes, comprendre ce qui a fait qu'un jour de juin elles ont osé pousser la porte du cabinet.

Celui que Marie-Line ne nomme pas encore est son mari, Jacques, le père de ses deux filles et de ses trois garçons. L'homme qu'elle a épousé à la fin de l'été 1981 à la mairie de Saint-Léonard, commune voisine d'Outreau. Déjà, trois semaines plus tôt, Marie-Line a donné naissance à leur premier fils. Ses grossesses et les petits boulots chez les mareyeurs ou dans des « boîtes à crevettes » se succèderont jusqu'au chômage. Nous sommes en 1998. Le couple saisit alors l'opportunité de reprendre le café familial, le Nadjac, rue du Professeur-Clerc à Outreau. Un local spacieux, idéalement situé juste à l'entrée de la ville. Le fonds de commerce paraît prometteur. Toute la famille s'installe dans l'appartement juste au-dessus du café. Quatre chambres meublées sommairement et un petit séjour-cuisine. Rien de bien luxueux. Les toilettes et la salle de bains sont communes aux quelques autres chambres meublées à louer. Dans le café, la clientèle afflue pour le petit noir matinal avant de rempiler chez les mareyeurs de Capécure, à Boulogne-sur-mer. Au comptoir, se croisent aussi instituteurs et employés de bureau. Le soir, certains de ces travailleurs, fatigués, viennent adoucir leurs soirées avec une bière, souvent plusieurs. « C'était le café des bosseurs et des noceurs. Le week-end, ça fermait plus tard pendant certaines soirées animées, ça draguait pas mal », raconte Michel, un habitué des lieux. Comme beaucoup, c'est au Nadjac qu'il a organisé son repas de mariage mais aussi les baptêmes et les communions de sa petite famille, toujours dans la grande salle du fond.

À leur arrivée au Nadjac, Jenifer a six ans, et Sophie trois. C'est dans ce logement que les actes déviants de Jacques sur ses deux filles ont commencé. Impossible pour elles de dater précisément les premiers agissements de leur père ; mais quand elles se replongent dans leurs premiers mauvais souvenirs, elle se rappellent toutes deux la moquette rose : celle qui décorait la chambre qu'elles partageaient au Nadjac. Le soir le plus souvent, s'installe un rituel. Quand Jacques remonte du bar, il est tard, sa femme dort déjà, épuisée par les reproches de Jacques, leurs disputes incessantes et le rythme infernal du travail au bar, à la maison et à l'hôtel. Leurs relations sexuelles se font rares, Marie-Line se refusant de plus en plus à son mari. En fin de soirée, Jacques prend souvent quelques verres au bar. Ça crie, ça rigole, ça chante avec les derniers clients, souvent plus que saouls. À peine remonté dans l'appartement, il pousse la porte de la chambre de ses filles. Attouchements sur l'une ou l'autre, caresses, baisers profonds. Sophie le repousse souvent ; Jenifer subit, elle, sans résister. Ce calvaire durera dix années pour Jenifer, treize pour Sophie. Devant les policiers, aucun affect particulier ne pointe dans les aveux de Jacques, celui-ci cherchant à minimiser la gravité de ses actes. « J'avais des pulsions, c'est tout. C'est pas explicable », marmonne-t-il. *« Cet homme se livrait à une objétisation totale du corps de ses filles. Pendant que le récit de Marie-Line, assise devant moi, se précise, le nom du Nadjac résonne bizarrement dans ma tête. Ce café, je vois très bien où il se situe puisqu'il est à deux pas de la Tour du Renard… C'est même "le" café de la Tour du Renard. Une institution dans le coin. Mais il y a autre chose alors qui me tracasse. Je m'en souviendrai certainement plus tard.* » C'était au Nadjac que se réfugiaient les journalistes télé venus faire le pied de grue pendant les longs mois de l'affaire d'Outreau. L'endroit où certains reporters de presse écrite écrivaient leurs papiers, croisant là habitants du quartier et badauds de passage qui leur lâchaient quelques commentaires, venant ajouter un peu de « chair » à leurs lignes trop froides.

En 2011, Jenifer suit un apprentissage de coiffeuse. Elle a quelques petites lacunes, mais ce matin-là, elle semble en proie à une grosse crise de panique. Son professeur la trouve en pleurs dans les toilettes. Jenifer lui avoue alors les agressions sexuelles qu'elle et sa sœur ont subies. Pensant l'aider, l'enseignante va aussitôt déposer plainte à la police, racontant ce qu'elle a entendu de la bouche de son élève. Le soir même de cet aveu, les cinq frères et sœurs se réunissent. L'heure est grave. Les trois garçons sont abasourdis par ce que leurs sœurs viennent de leur confier. Ils veulent entendre, de vive voix, les aveux du père, la vérité de ce cauchemar qui s'annonce, et organisent une réunion de famille au Nadjac à 23 heures passées. Dans la foulée, ils informent brutalement leur mère de leur découverte. Le choc est violent pour Marie-Line qui, toutes ces années, n'a rien vu. Elle vacille et s'effondre, en larmes, sur une chaise de la cuisine. Dans le salon, Jacques ne résiste pas longtemps devant ses fils accusateurs et, prostré dans le canapé, avoue ses actes. Ensuite, pourtant, il pointe son doigt vers sa femme en criant : « Oui c'est vrai, mais c'est de ta faute ! » Celle-ci se refusant à lui, il lui avait bien fallu, selon Jacques, aller voir ailleurs… La décision du divorce de Marie-Line et Jacques a été prise par leurs enfants ce soir-là. De même, celle d'éloigner le père de ses deux filles.

Quelques jours plus tard pourtant, devant la police, toute la famille ment dans un seul et même souffle. Même Sophie nie les accusations pesant sur son père, présentant sa sœur Jenifer comme une menteuse compulsive. Faisant bloc, les frères suivent la même ligne. Tous évoquent une simple dispute, entre Jenifer et son père, pour une carte bancaire confisquée. « Mon père a souscrit un prêt pour payer les études de coiffure de Jenifer, mais ma sœur a tout dépensé », confie Sophie aux policiers. Le plus important aux yeux des fils semble sauvé : éviter la prison à leur père et s'épargner à eux l'étiquette de « fils de pédophile » – l'insulte est devenue plutôt sensible dans la région outreloise. Mais il y a une autre raison : « Il ne fallait pas faire de mal à la famille. Ils avaient plusieurs commerces. Lui le café, et sa sœur un PMU tabac. Donc ils ont fait passer les petits-enfants pour des menteurs », glissera plus tard la grand-mère maternelle, aux policiers.

Jenifer, trop honteuse pour retourner en cours, abandonnera son apprentissage le jour même.

C'est l'oncle de Marie-Line, Marcel, soixante-dix ans, qui reviendra finalement, un an plus tard, dénoncer Jacques à la police en expliquant : « On mangeait un gâteau chez ma nièce et elle s'est mise à pleurer. C'est là qu'elle nous a raconté les attouchements de Jacques sur les filles. Elle regrettait de ne pas avoir tout raconté à la police… Je voulais faire quelque chose pour elles. » Interrogés de nouveau, les enfants regrettent ce mensonge collectif, avouant alors ce qui s'est passé ce fameux soir du 13 octobre 2011 et les agissements de leur père les années précédentes. *« Malgré mon impression que toutes les horreurs viennent d'être dites, je tente un : C'est tout ce que vous vouliez me dire aujourd'hui ? »* « Non, ce n'est pas tout, répond Marie-Line d'une voix faiblarde. Jacques a aussi une maîtresse avec laquelle il s'affiche depuis plusieurs mois dans le café familial. » Un des fils précisera plus tard que cette habituée du café a « une réputation sulfureuse sur Outreau ».

Des couleuvres comme celle-ci, Marie-Line en a avalé plus d'une, même avant le mariage. « Déjà, il m'en faisait voir. Une fois, c'était avec une fille à la sortie du travail. Je suis venue le rechercher, car le magasin était fermé, et ils sont sortis, cette fille et lui, en riant. Une autre fois, c'était avec une copine de mon boulot.

On devait la raccompagner chez elle. Dans la voiture, je les sens tous les deux gênés. Le samedi précédent, après une dispute, il était sorti sans moi et l'avait rencontrée. Il l'avait soi-disant seulement embrassée. Je ne voulais plus le voir à ce moment-là », se souvient-t-elle. Son père lui conseille alors de mettre fin à cette relation, mais elle est déjà enceinte du premier enfant. « Une autre fois, bien plus tard, j'ai reçu un coup de fil anonyme d'une dame : “Vous êtes cocue ”, m'avait-elle balancé… » Les fils racontent, eux, un père joueur aux mains baladeuses – « Même avec les tantes, ça allait trop loin » – et qui aime parler ouvertement de sexe. « Quand il déviait sur des blagues osées, je quittais la pièce, témoigne une de ses belles-filles. Je trouvais que c'était déplacé, venant de mon beau-père. En plus, il le faisait devant Sophie et Jenifer qui avaient dix et douze ans. Il regardait aussi des films X et ne s'en cachait pas non plus. » Avec les femmes qui se succèdent dans les cuisines ou dans la salle, comme clientes, il y a eu aussi des ambiguïtés.

« Toucher à mes enfants, c'est la pire chose qu'on puisse me faire ! Qu'est-ce que je vais devenir ? » murmure Marie-Line, focalisée sur son seul malheur. Ses filles se penchent alors vers elle pour lui caresser doucement l'épaule. À l'avocate, Jenifer et Sophie oseront simplement confier à quel point elles se sentent meurtries de faire exploser la cellule familiale, oscillant entre soulagement et culpabilité. La peur d'un père très autoritaire a laissé en elles des réflexes indélébiles de soumission. Obsédé par l'argent et hurlant toujours qu'il manquait des sous dans sa caisse, « mon père traitait ma mère de voleuse », raconte un des fils. « Elle était toujours rabaissée par son mari, c'était horrible, ajoute la sœur de Marie-Line, dans sa déposition. Plusieurs fois, je lui ai demandé s'il avait levé la main sur elle, mais elle a toujours dit que non. » Dans une famille sous dépendance économique, Jacques tirait ainsi les fils de son petit pouvoir. Il sera condamné en 2016 à quatre années d'emprisonnement dont trois années avec sursis pour des faits d'agressions sexuelles sur mineures de moins de quinze ans commis de 1998 à 2008 sur Jenifer et de 1998 à 2011 sur Sophie. Il a également été condamné à verser 15 000 euros à titre de dommages et intérêts à chacune de ses deux filles.

Plus de dix années d'agissements incestueux que personne n'a vus, décelés, même à l'école ou au lycée où aucun signalement n'a jamais été effectué. Et encore moins à la justice… *« 1998. Cela se rapprochait étrangement des dates des viols commis par les Delay sur leurs enfants. La coïncidence me frappe et la mémoire de cette folle période me revint. Je suis sous le choc de ce rapprochement inévitable. »* À un moment donné, au début de l'affaire d'Outreau, quelqu'un avait justement cité le Nadjac comme l'épicentre du trafic de cassettes pédopornographiques évoqué par Myriam Badaoui. Mais, là encore, rien n'avait jamais été trouvé sur ce trafic, pas la moindre trace matérielle. Cette piste avait de fait été écartée. Il y avait déjà fort à faire ailleurs dans le dossier et, sans aucune preuve, impossible de pousser plus loin. *« Je me souviens très bien qu'à un moment le président du tribunal de Boulogne, Gérard Lafon de Lageneste, a dit au juge Burgaud : "Ça suffit maintenant, sinon vous allez mettre toute la ville en examen…" Des confrontations collectives avaient alors lieu au tribunal de Boulogne. Je me rappelle d'un jeune juge entêté et dépassé par l'ampleur que prenait le dossier, refusant l'aide qu'on lui proposait. On savait que des "notables" aussi étaient impliqués, et c'est à ce moment-là que la presse a commencé à s'intéresser à l'affaire. Je ne pouvais plus sortir de mon cabinet au pied du palais de justice ni décrocher mon téléphone tellement les journalistes nous harcelaient déjà. Ça a commencé ainsi dès la fin 2001. J'en étais à me faire apporter des sandwichs à mon cabinet par mes copines. C'est là que le dossier a dérapé, et les choses sont allées crescendo. »*

Y a-t-il eu beaucoup d'oubliés d'Outreau ? Combien d'entre eux ont-ils réussi, à l'époque, à sauter dans le « train des innocents », passant à travers les mailles du filet de la justice ? Ces questions restent en suspens. Au tout début du procès en 2004, les avocats lillois Éric Dupont-Moretti, Frank Berton, Hubert et Julien Delarue ainsi que Blandine Lejeune avaient fait comparaître 150 témoins à la barre dont certains avaient directement été citées dans les procès-verbaux de Myriam Badaoui. « *Cela a mis un sacré bordel. Certains d'entre eux se liquéfiaient à la barre, devenaient tout blancs. Parce qu'ils se rendaient soudain compte de ce à quoi ils avaient échappé… Les avocats lillois avaient appelé ça "le carnaval des chanceux". Ils voulaient ainsi montrer aux jurés et à la cour que les critères définis par le juge Burgaud pour mettre certains en examen et d'autres pas avaient été très arbitraires et que leurs clients avaient, eux, tiré la mauvaise carte. Par cette démonstration très maline, ils ont d'emblée montré à quel point toute l'accusation tenait à un fil. Non pas que le procès d'Outreau ne reposait sur rien, attention. Mais que ceux qui étaient sur les bancs des accusés n'étaient peut-être pas ceux qui auraient dû l'être, que les liens qui avaient été faits entre les accusés n'étaient peut-être pas les bons.* »

Quinze années après, cette affaire a laissé un goût amer : « *Des erreurs ont été commises à Outreau, sinon il n'y a pas d'explication à cette catastrophe…* » L'avocate évoque un autre fait qui continue de la troubler : le lien concédé *a minima* entre les affaires Danger et Outreau. « *En novembre 2001, Myriam Badaoui est, une énième fois, interrogée par le juge Burgaud au tribunal de Boulogne-sur-Mer. Un jour de novembre donc, dans les couloirs du tribunal, elle croise une autre habitante de la Tour du Renard, Madeleine Danger. Les deux femmes se connaissent bien et se saluent chaleureusement. Et pour cause, elles étaient voisines. Témoins de cette embrassade, les autres avocats et moi, on se regarde et l'on se dit : "Non mais ce n'est pas possible, et si…" À l'époque, Madeleine Danger était, elle, entendue pour une affaire d'inceste par un autre juge d'instruction boulonnais, Déborah Bohée. Trois frères et trois sœurs, maris et femmes, qui avaient violé leurs enfants, neveux et nièces. C'est Martine Danger, une des sœurs de Madeleine que je défendais, qui avait donné l'alerte. Suite à quoi, les services sociaux avaient découvert les abus sexuels sur les enfants. C'étaient exactement les mêmes lieux et dates que l'affaire d'Outreau. La coïncidence était trop criante pour ne pas faire le lien. Pourtant, Myriam Badaoui sera simplement entendue comme témoin dans le procès Danger et confirmera les agissements sexuels des Danger sur les enfants. »* Mais le procès d'Outreau et ses frasques étaient passés par là, discréditant quelque peu les dires de la versatile Myriam.

Les Danger seront finalement jugés un an après Outreau et condamnés en appel à Douai en 2007 pour agressions sexuelles aggravées : six ans de prison pour deux des hommes, quatre ans pour une femme et un homme, deux ans pour la dernière femme, et un acquittement.

« La presse à l'époque s'est fait l'écho de ce procès, évoquant une affaire Outreau bis. *Pour ma part, j'aurais malheureusement parlé de l'affaire Outreau tout simplement.*

Si le jeune juge Burgaud avait accepté, dès le début de l'affaire Outreau, d'être épaulé par la juge Deborah Bohée, ainsi que son supérieur hiérarchique le lui avait proposé, le lien aurait été plus clairement fait entre les deux affaires et les choses auraient peut-être été différentes. Le juge d'instruction est une personne puissante mais très seule, avec ses 150 dossiers en cours simultanément comme l'indique la moyenne des chiffres issus des tribunaux en France. Aussi, il est une chose de se croiser à la machine à café du tribunal, c'en est une autre que d'échanger des informations. »

À ses proches, l'ancien magistrat confie rester, lui, sur l'idée que, derrière son lynchage personnel, se cachait une instrumentalisation politique contre les pleins pouvoirs du juge d'instruction, voire le souhait de supprimer cette fonction. Mais ce n'est pas aussi simple que ça.

« *On s'attendait à une réforme de fond après la commission d'enquête parlementaire chargée de rechercher les causes des dysfonctionnements de la justice à Outreau. Or celle-ci a accouché d'une souris. La notion de cosaisine s'est entre autres imposée : désormais deux juges d'instruction peuvent être nommés sur un même dossier lorsque les faits sont complexes, contestés, les investigations vastes et multiples lors de l'instruction préparatoire au procès pénal. Or, en réalité, à l'époque déjà, le juge Burgaud aurait pu le demander, et je continue de penser qu'il est regrettable qu'il ne l'ait pas fait…* »

L'idée que tous les coupables n'étaient pas au procès de Saint-Omer, les fils Badaoui-Delay l'ont toujours relayée. En 2011, l'aîné, Chérif, continuait de dire : « Je sais qu'il y a des pédophiles qui dorment tranquillement tous les soirs dans leur lit… » Il persiste d'ailleurs dans ses dires, tout comme son frère Dimitri, dans le documentaire du journaliste Serge Garde, *Outreau, l'autre vérité*, sorti en 2013. *« Puisque douze enfants ont été reconnus victimes et que les Delay-Badaoui n'en ont que quatre, d'autres adultes sont coupables : les acquittés, mais aussi des dizaines d'adultes désignés par les enfants et jamais inquiétés par le juge Burgaud »*[1], écrit le journaliste Stéphane Durand-Souffland quant à ces relectures « révisionnistes » de l'affaire. C'est le ténor du barreau Éric Dupond-Moretti qui a trouvé ce qualificatif peu flatteur, balayant aussi sec toute velléité de réviser le procès. Mais il restera toujours dans cette affaire des faits troublants comme ceux amenés par ce rapport de l'Inspection générale des affaires sanitaires et sociales (Igas), dévoilé en 2007 par le grand reporter police/justice Jean-Michel Décugis dans le magazine *Le Point*. Ce rapport retrace l'historique médical de 14 des 17 enfants cités comme victimes dans le procès d'Outreau. Pour 5 d'entre eux, dont les parents ont ensuite été acquittés, l'Igas relève des indices évocateurs d'abus sexuels. Des signaux d'alerte qui n'ont pas été lisibles comme tels à l'époque, faute d'un suivi unique des enfants et d'informations médicales éparpillées entre différentes structures et personnels médicaux. Une note confidentielle d'une quinzaine de

1. « Outreau : Thierry Delay face à ses fils, quatorze ans après les viols », *Le Figaro*, 27 mai 2015.

pages intitulée « Rôle des services de santé dans l'affaire dite d'Outreau » révèle notamment que *« dans l'affaire d'Outreau, à côté de certaines lésions directement évocatrices (génitales ou ano-rectales), on est frappé par l'importance et la fréquence des troubles digestifs [...] rencontrés chez plusieurs victimes, la douleur disparaissant dès le lendemain de l'hospitalisation »*. Le journaliste Jean-Michel Décugis écrivait en 2007 : « Pour arriver à ces conclusions gênantes, l'Igas a épluché les dossiers médicaux récupérés auprès des médecins de famille, de l'hôpital, et surtout des PMI, que le juge Burgaud qui instruisait l'affaire n'avait pas recueillis dans leur totalité. D'où le malaise »[1].

Pour la jeune avocate que Fabienne Roy-Nansion était alors, Outreau signera la fin des grandes illusions. *« J'ai appris beaucoup pendant ce procès, mais j'ai surtout vu la justice s'emballer. La façon dont je l'ai vue traiter ses propres soldats m'a profondément choquée. Si le juge Burgaud est devenu le nom de la honte à ce moment-là, il n'est pas le seul responsable de tous ces ratés qui ont jalonné l'affaire. On a fait de lui un bouc émissaire, mais le dysfonctionnement était bien plus profond que ça. Lorsqu'en 2005 le procureur général de Paris Yves Bot est venu dire, la veille du verdict, que la justice s'était trompée et présenter d'avance ses excuses aux futurs acquittés lors d'une conférence de presse improvisée en salle d'audience, je me suis dit que l'institution devenait réellement folle. C'était une scène affligeante et ubuesque. »*

1. « Le Rapport qui embarrasse », 19 avril 2007, *Le Point*.

De même, le cas de l'huissier Alain Marécaux, placé en détention provisoire, condamné à dix-huit mois de prison avec sursis puis acquitté, lui a fait se poser beaucoup de questions : *« J'ai incidemment assisté à sa nouvelle prestation de serment au tribunal de Boulogne-sur-Mer. Il venait à peine de sortir du procès d'Outreau et avait repris des parts dans une étude à Calais. Cela signifiait qu'il s'apprêtait, en tant qu'officier ministériel, à servir à nouveau aveuglément cette justice qui venait de le broyer… Pour ma part, j'en aurais été incapable après ce qu'il avait traversé. D'ailleurs, quelques années plus tard, il a estimé qu'il ne pouvait plus continuer ainsi – ce qui ne m'a pas étonnée. »*

C'est la justice du Pas-de-Calais dans son ensemble qui ne s'est, en réalité, jamais remise de ce cataclysme. Tous les acteurs présents à Outreau ont été ébranlés dans leurs certitudes. Il y a eu ensuite ceux qui ne pouvaient se résoudre à tourner la page, profondément marqués par les dérives du procès et leurs conséquences. *« Ce fut le cas de l'avocat Thierry Normand que j'admirais beaucoup et qui est décédé en 2016. C'était un brillant orateur qui fut trois fois bâtonnier de Boulogne-sur-Mer. À Outreau, il portait la parole des enfants et, avant le procès de Saint-Omer, il n'avait aucun doute sur ce qui allait s'y jouer. Mais voir des innocents accusés, traînés dans la boue au procès, a peu à peu fissuré sa conviction. Cela lui était insupportable. C'est toute sa vision de la justice qui a volé en éclats à ce moment-là. La vérité avec un grand V, il ne savait plus où elle était. Ses fondamentaux ont vacillé à Outreau. Il en est resté très meurtri. Pour ma part, ma confiance en la justice est ressortie abîmée de l'affaire d'Outreau. Et je ne peux plus la regarder de la même façon. Aujourd'hui je le dis, je ne crois plus en une institution qui s'est donné pour nom celui d'une vertu, selon la formule consacrée du magistrat français Casamayor. La justice est une valeur, un idéal moral, un concept philosophique. C'est l'art du bon et de l'égal. Comment des hommes pourraient-ils être collectivement dotés de toutes ces vertus ? De par leurs seules fonctions ? C'est une utopie, même s'il existe d'excellents juges, pris individuellement. »*

Chapitre 5

Copains de prétoire

Alors que leur amitié aurait pu naître sur les bancs de la fac de droit lilloise, c'est un peu plus tard, dans les prétoires du Nord-Pas-de-Calais, que Fabienne Roy-Nansion va rencontrer ses futurs copains Frank Berton et Éric Dupond-Moretti. « Dupond », Berton et Roy-Nansion : trois parcours de gamins du Nord jusque dans leurs tripes, naturellement complices, pugnaces mais surtout condamnés à plaider.

Éric Dupond-Moretti a plaidé pour Abdelkader Merah, Jérome Cahuzac, Yvan Colonna et Georges Tron. Frank Berton, lui, a défendu Smaïn Ait Ali Belkacem, Salah Abdeslam, Florence Cassez et Dominique Cottrez. Ces deux figures du barreau français ont en commun une enfance difficile et un parcours du combattant pour en arriver là. Celui que l'on surnomme « l'Ogre du Nord », alias Éric Dupond-Moretti, est né à Maubeuge d'un père ouvrier qu'il perd à l'âge de quatre ans et demi. Sa mère, femme de ménage, travaille dur ; son fils Éric est élevé par ses grands-parents paternels, ouvriers aussi. Il les décrit « mécaniquement programmés pour le travail »[1] comme ce matin où ils ont attendu en vain le bus pour l'usine. « Et pour cause, c'était un dimanche ! »[2] raconte-t-il marqué à vie par sa grand-mère Louise, « communiste intrépide » et fumeuse de Gitanes maïs. La disparition non élucidée de son grand-père, « vraisemblablement assassiné sur les lignes de chemin de fer »[3] – lui fait éprouver son premier sentiment d'injustice. Le flambeur surdoué Frank Berton raconte, lui, un père très violent et une enfance cabossée. Il choisira le droit contre la volonté du patriarche. Les deux futurs grands avocats enchaîneront les petits boulots pour financer leurs études à la fac de droit lilloise. Rien ne leur est tombé tout cuit dans le bec. « On plaide ce que l'on est et l'on est ce que l'on plaide. Quand je plaide pour quelqu'un, en fait, c'est mon histoire que je raconte », a l'habitude d'affirmer Éric Dupond-Moretti. Des fils et filles de « prolos », au complexe social ancré en eux, destinés à sonder les âmes grises. Des avocats qui n'ont pas peur de la souffrance et ne baissent pas les yeux devant elle. Fabienne Roy-Nansion est de la même veine. *« Nous ne sommes pas des revanchards sociaux. Ce qui nous touche, c'est la révolte*

1. Éric Dupond-Moretti, *Dictionnaire de ma vie*, éditions Kero, 2018.
2. Idem.
3. Idem.

du petit, écrasé par la machine. Je crois que pour parler de cette révolte, il faut la partager, la ressentir soi-même pour l'exprimer avec ses tripes. Il faut avoir respiré de près la souffrance, l'avoir connue parfois, pour en parler sans endosser un rôle de composition qui sonnerait creux. C'est ce que nous avons en commun, et je pense que c'est en cela que ce devait, en effet, être notre destin. »

C'est l'affaire d'Outreau qui fera d'eux de grands avocats. Le procès hors norme de Saint-Omer fait éclater leur talent de défenseurs au grand jour. La proximité physique, pendant ces longues journées d'audience, crée un premier lien fort, de nombreuses occasions d'échanger quelques mots, de partager des angoisses, de se serrer les coudes. *« Dupond avait plaidé en dernier à Outreau et je m'en souviens particulièrement bien. Il avait terminé en disant : "Si vous condamnez Roselyne Godard, justice aura passé mais justice sera morte. Et nous irons nous coucher..." Point. Je suis restée assise un moment alors que la salle se vidait, me disant que ses formules étaient vraiment puissantes. Il a un sens inné de la phrase qui fait mouche. »*

La nuit du 2 au3 juillet 2004, celle du délibéré du procès d'Outreau, les trois avocats du Nord dînent au restaurant Le Cygne de Saint-Omer pour tromper cette attente interminable. Un dernier verre pour patienter dans les cafés alentour puis le verdict s'annonce enfin : il est temps de retourner au tribunal. Il est près de 2 heures du matin. *« On était côte à côte sur les marches du palais avec Dupond. On ne se sentait vraiment pas bien. Je défendais David Delplanque, lui Roselyne Godard, la boulangère d'Outreau. Je lui ai dit : "Elle va être acquittée, ta boulangère". Et lui me dit, angoissé et prudent : "Tu sais, tant que ce n'est pas fait, je n'y crois jamais." Il était couleur vert foncé à cette heure-là… Lorsque le verdict tombe, le jeune Dupond-Moretti se retourne vers mon client et lui souffle : "Hé bein tchio (petit en ch'ti), tu peux remercier ton avocate !"* » David Delplanque était au cœur des accusations de pédophilie avec sa compagne Aurélie Grenon. Ils étaient les voisins du fameux couple, les Delay-Badaoui. Il aurait pu, en effet, être condamné à beaucoup plus que six ans de prison ferme. Ce verdict venait clore huit semaines de procès émaillées de nombreux coups de théâtre ayant éprouvé les nerfs des trois jeunes avocats abordant la quarantaine.

Les journalistes de la presse judiciaire ont, eux aussi, ces moments gravés en eux : « Il y a eu quelque chose de fort, une solidarité qui s'est nouée pendant Outreau entre plusieurs avocats de la défense. Il y a eu un avant et un après ce procès, notamment entre Berton, Dupond et Roy-Nansion », explique Éric Dussart, grand reporter à *La Voix du Nord*. Même sentiment du côté du journaliste judiciaire du *Figaro*, Stéphane Durand-Souffland : « Après Outreau, il y avait un côté club, ils pouvaient dire "J'y étais" après avoir vécu ensemble cette affaire hors norme. Ils sont restés très amis depuis. »

Dupond-Moretti et Roy-Nansion se sont déjà croisés dans les prétoires avant Outreau. Leur première rencontre a eu lieu dans les années 1990 à la chambre correctionnelle de la cour d'appel de Douai où un forain était jugé pour une affaire d'escroquerie. *« Mon client prétendait qu'il était innocent et je pensais sincèrement qu'il l'était. Mais j'avais pourtant l'impression qu'il était condamné d'emblée. Je suis très agacée par cette situation. Personne ne m'écoute, je m'emporte. "Pourquoi sa parole ne vaudrait-elle rien ? Parce que c'est un gitan ? Un voleur de poules ?" ai-je lancé à la cour. »* Dupond-Moretti s'est discrètement glissé dans le prétoire, pendant sa plaidoirie, et reste là à écouter attentivement le jugement en cours. À cette époque déjà, la réputation du pénaliste fait bruisser la justice locale. Quelques mois après cet épisode, c'est face à face, à la cour d'assises du Pas-de-Calais à Saint-Omer, que les deux avocats se retrouvent. *« Dupond est en défense, je suis en partie civile pour une affaire de maltraitance sur un enfant. »* Le jeune avocat en pleine ascension a déjà la réputation d'être un ours mal léché et d'avoir la dent dure avec ses confrères. Il s'agace contre un autre avocat du procès, représentant une association, puis termine : « Ce n'est pas comme vous, maître Roy-Nansion. Vous, je vous aime bien, mais ce que je crains, c'est que vous soyez aussi bonne que lorsque je vous ai entendue plaider, la dernière fois, à Douai… » C'est le début d'une complicité.

Quelques années plus tard, en 2009, nouvelles plaidoiries en face à face, dans l'affaire Monique Lejeune. Son corps est retrouvé dans son allée, lardé de 58 coups de couteau. C'est une énigme à Coulogne, dans le Pas-de-Calais, depuis 2003. Monique était une authentique Calaisienne, une femme forte, à l'allure paysanne, qui tenait sa famille, son budget et sa maison dans le lotissement du Virval. Dans cette fratrie recomposée – Monique a trois fils, son mari Claude, cinq filles –, tout semblait aller pour le mieux. Dès lors, qui a pu faire le coup ? On soupçonne d'abord Jean-Luc, le fils aîné de Monique, intellectuellement limité et fragile, qui vit dans une tour HLM d'une cité sinistrée de Calais. Puis, très vite, l'enquête se dirige vers Béatrice Matis, l'ex-épouse du mari de Monique. L'ADN d'une femme a justement été retrouvé sous les ongles de Monique. Mais là encore, des doutes persistent. Cette suspecte pouvait-elle en vouloir à Monique au point de lui infliger une telle violence meurtrière ? Il y a bien eu dans le passé un accroc dans la famille : Ludwig, le petit-fils de Béatrice, a accusé Jean-Luc d'attouchements sexuels. Mais quand même… Éric Dupond-Moretti défend Béatrice Matis. *« Durant ce premier procès, où j'assiste les deux autres fils de Monique Lejeune qui se sont constitués partie civile, Dupond va s'attacher à souligner les failles du dossier et les errements de l'enquête. On est même obligés de suspendre le procès – il reprendra un an plus tard – parce que l'on ne retrouve plus un scellé précieux, celui d'un pantalon qui aurait pu être porté par Jean-Luc le soir du drame. J'avais l'impression d'être dans un film. Je le dirai dans ma plaidoirie : "Cette affaire ce n'est pas* Les Experts : Miami *mais* Les Pieds Nickelés à Coulogne" ».

Lorsque le procès reprend en 2010, Dupond-Moretti poursuit sa stratégie, pointant les faiblesses du dossier. Elle se révèle payante. Béatrice Matis est acquittée. Mais le parquet fait appel de cette décision. Un troisième procès s'annonce en 2012. L'avocat général Luc Frémiot est à la barre, bien décidé à démontrer cette fois la culpabilité de Béatrice Matis. Il ne lâche pas le médecin légiste qui soutient que le lourd corps de Monique Lejeune a été déplacé jusque dans son allée après le meurtre. Or le médecin ouvre ainsi deux hypothèses : soit Béatrice avait un complice, soit ce n'est pas elle…

« Je commence ma plaidoirie par cette idée : "Au commencement était le mensonge, celui de Béatrice Matis prétendant qu'elle n'avait pas vu Monique Lejeune ce soir-là." Mais je livre aussi ma perplexité quant à cette affaire. "Je n'ai pas honte de le dire, du début du procès jusqu'à aujourd'hui encore devant cette cour." Je termine par une adresse aux jurés de Douai : "C'est à vous de dire la vérité judicaire." Mon discours met le feu aux poudres. L'avocat général, Luc Frémiot, me le reproche : "Vous dansez le tango, maître Roy-Nansion, un pas en avant, un pas en arrière ! Vous trahissez ainsi la parole de vos

clients." Je suis offusquée par une telle attaque. Il n'avait pas le droit de prétendre une chose pareille ! » Peu après, Dupond réhabilite l'avocate : « Je préfère danser le tango avec elle que le rock'n'roll avec vous », lance-t-il à la figure de l'avocat général. La tension est palpable dans la salle, Béatrice Matis a perdu sa mine confiante. Le vent tourne... L'avocat général requiert vingt ans de prison ; elle sera condamnée à quinze ans ferme pour meurtre.

Dans les mêmes années, arrive une autre affaire marquante face à Éric Dupond-Moretti. Il s'agit, cette fois, du meurtre d'un quadragénaire de la côte d'Opale, Bruno Malahieude. Restaurateur, issu d'une famille bourgeoise d'Hardelot, il s'est fait une petite réputation de noceur sur la côte. Une vie trop festive, des virées en 4 x 4 sur la plage la nuit et de nombreuses conquêtes masculines. Dans la nuit du 8 au 9 janvier 2006, un jeune garçon vient spontanément s'accuser de son meurtre auprès des gendarmes de Neufchâtel-Hardelot. Il s'agit de Gaétan Delacroix. Un invité surprise imposé par Bruno à la famille Malahieude, dans le pavillon de chasse où tout le monde se réunit le temps des fêtes de fin d'année. Mais ce soir-là, la famille repartie, Gaëtan décide de tuer Bruno. Un meurtre d'une grande violence. À l'aide du tisonnier puis de la pelle de la cheminée, le jeune homme frappe sa victime enchaînée à une imposante table en bois. « *Au procès, mon confrère défend l'accusé, et moi la famille Malahieude. Éric Dupond-Moretti fait passer la victime pour le pire monstre que la terre ait porté.* » Pour justifier son geste, Gaétan Delacroix affirme en effet que Bruno Malahieude l'a violé lorsqu'il avait seize ans. Du crime de sa victime serait né le sien. « *Je me révoltais chaque fois que Dupond évoquait la mémoire de la victime. Pour moi, il allait trop loin dans la noirceur. En fin de procès, je fais citer la mère d'un ex-ami de Gaétan. Elle raconte à la barre à quel point elle avait fait obstacle à cette amitié qu'elle jugeait toxique.* » Furieux de ce nouveau témoin, Dupond-Moretti hurle : « Maître Roy, vous vous croyez à la foire du Trône ! Qu'est-ce que c'est que ce témoin de dernière minute ? » Les échanges sont âpres. La séance est suspendue. « *Je sors, très en colère, faire les cent pas dans la cour du tribunal. Dupond déboule et me dit, amusé : "Bein, qu'est-ce que t'as, ma poule, tu me fais la gueule ?" Et il m'embrasse alors que je bous littéralement !* » Le verdict tombe peu après : vingt-deux ans de réclusion criminelle pour Gaétan Delacroix. Une condamnation qui dépasse même les réquisitions de l'avocat général. Mon adversaire est furieux, il arrache sa robe d'avocat et la jette à ses pieds. « *Je m'approche pour aller serrer la main du président de la cour, comme cela se fait à la fin des procès, et là je tombe sur Dupond, clope au bec dans le tribunal, alors que c'est interdit bien sûr. Il s'énerve : "Il aurait été défendu par un singe bègue en robe que cela n'aurait pas été pire…" lance-t-il alors.* » L'attitude de son client pendant tout le procès ne l'a pas aidé non plus. *« C'était un beau gamin avec un regard d'une froideur de serpent. Je pense vraiment qu'il s'attendait à être félicité pour son meurtre. Quand, au petit matin, il s'est livré à la brigade de gendarmerie de Neufchatel-Hardelot, il a déclaré : "J'ai débarrassé la terre d'une ordure !" »* Dix-huit mois après sa condamnation, le jeune meurtrier de vingt-cinq ans s'est pendu dans sa cellule de la prison de Lille-Sequedin.

De ces duels dans les prétoires, ne subsiste qu'un sentiment de grande proximité avec Éric Dupond-Moretti, surnommé affectueusement « le gros », si touchant par son humanité profonde, si impressionnant par sa culture pleine de références littéraires, artistiques. Et puis, il y a, chez lui, ce côté simple des gens du Nord qui les rapproche aussitôt, ce patois cht'i en commun et l'amour des grandes tablées généreuses. Ces derniers temps, Éric a pris plus de distance avec sa région natale, établissant définitivement son cabinet à Paris et ne revenant dans le Nord que plus rarement. *« Son côté starisé, "peoplisé", s'est renforcé, mais je n'y vois rien de blâmable. Il a créé un style de défense qui n'appartient qu'à lui et qui est inimitable. Et j'en ai vu, des pâles imitations de Dupond dans les prétoires du Nord ! »* Mais les célèbres colères du pénaliste en ont effrayé plus d'un et agacé beaucoup. *« La différence avec ceux qui l'imitent ou le critiquent, c'est que Dupond transpire réellement sous sa robe d'avocat. Au sens propre comme au figuré. Je l'ai vu la chemise collée au corps comme s'il sortait d'une averse. C'est un très grand angoissé et il ne laisse rien passer dans ses dossiers. C'est pour cela qu'à mon sens il est meilleur dans une cour d'assises que devant la caméra de Lelouch. Dans les prétoires, il ne joue pas la comédie. »*

Frank Berton, lui, a prêté serment un an et un jour pile après sa consœur et amie. Ils avaient quelques amis en commun mais se voyaient peu. Tout juste s'étaient-ils croisés à un ou deux anniversaires de copains. « C'est à Outreau que nous avons réellement noué des premiers liens, confie le pénaliste. J'avais remarqué la fille discrète, travailleuse et humaine qui se dessinait derrière le dossier délicat de David Delplanque. Boulogne-sur-Mer, c'est la ville de Fabienne, son terrain de jeu. Je connais aussi cet endroit pour y avoir plaidé différentes affaires. J'y ai même de la famille. Dès que je peux, je ne vais pas très loin sur la côte d'Opale, à Montreuil-sur-Mer. »

Avec Frank Berton, pas besoin de parler pour se comprendre. *« Très souvent, il commence une phrase, je la termine. Nous n'avons pourtant pas la même sensibilité, c'est un homme, je suis une femme, mais les mêmes choses nous révoltent, nous hérissent. On ne se voit pas tous les quatre matins, mais on s'aime profondément. »* L'avocat lillois confirme et surenchérit quand il parle de sa relation avec celle qu'il appelle affectueusement « ma ch'tiote » : « Je n'ai pas connu beaucoup d'autres complicités professionnelles aussi fortes qu'avec Fabienne. Nous sommes très complémentaires et liés par une amitié profonde. »

En 2017, au lendemain de l'affaire Kabou qu'ils ont menée ensemble, une procédure disciplinaire est lancée contre lui pour une vieille histoire : en 2014, il avait refusé une commission d'office alors qu'il plaidait un épineux dossier de meurtre avec son complice Éric Dupond-Moretti, le procès en appel de Kazim Genc, un Lillois de trente ans. Ce procès se déroule dans une tension constante entre l'avocat général Luc Frémiot et Éric Dupond-Moretti. Les deux hommes ne cessent de s'invectiver à l'audience et par voie de presse. Frank Berton se retrouve pris, malgré lui, au milieu de cet affrontement qui vérole le procès. Néanmoins, lui seul se retrouvera passible d'une sanction disciplinaire.

Estimant que le procès ne se déroule pas dans de bonnes conditions, les deux avocats se font volontairement récuser par leur client pour ne pas avoir à assurer sa défense dans un tel climat. Le procès s'interrompt. Pour ne pas poursuivre, Berton invoque alors sa clause de conscience. Dupond-Moretti, lui, est déjà parti. C'est donc sur Berton que tombe la foudre de la présidente de la cour d'assises, Sophie Degouys, excédée. Voulant à tout prix que le procès ait lieu, la présidente rejette la clause de conscience de Berton et le commet d'office pour qu'il ne puisse se démettre, mais il refuse encore. Avocats contre magistrats, la bataille est dès lors (re)lancée. *« Le seul qui devrait pouvoir apprécier la clause de conscience d'un avocat, c'est naturellement son bâtonnier*, estime Fabienne Roy-Nansion. *Le bâtonnier, c'est le* pater familias *du barreau, notre seule autorité morale, celui auprès de qui un avocat peut vider son sac. Les deux fois où j'ai tenu cette fonction, j'ai vraiment envisagé mon rôle de cette façon. Je suis allée rechercher chez eux des confrères qui faisaient des dépressions, j'en ai rattrapé d'autres qui partaient en vrille par les bretelles... Je l'ai fait parce que je suis de la même veine, de la même "religion" qu'eux – ce qui n'est pas le cas d'un magistrat ! »*

Quatre ans plus tard, fin juin 2018, dans la salle Merlin de Douai, à la cour d'appel, 23 robes noires sont venues des dix barreaux voisins depuis Lille, Arras, Boulogne-sur-Mer ou Béthune. Ils constituent le conseil régional de discipline de leur profession et encerclent Berton, impatients d'entendre la défense de leur confrère. Mais ce jour-là, le pénaliste ancien sportif de haut niveau, paraît tout à coup fatigué qu'on lui cherche des poux dans la tête. À lui plus qu'à d'autres. Pour sa consœur boulonnaise, *« attaquer Berton, c'est attaquer l'empêcheur de condamner en rond, celui qui se bat, au mépris de sa santé, pour assister des gens à travers tout le pays, celui qui mange, dort et vit pour la défense »*. À ce jour, la menace d'un avertissement, requise par le parquet général, pèse encore sur l'avocat. Alors que ça se bagarre sans cesse dans les prétoires de Paris ou de Marseille, entre rancœurs inavouées, coups bas dissimulés et jalousies constantes, il y a plutôt de la solidarité dans ceux du Nord. On sait s'y serrer les coudes. Ce fut le cas, toujours avec Berton, mais pour une autre consœur, cette fois en 2006.

Depuis quelques semaines, les prétoires de la région bruissaient d'une rumeur persistante. « Une belle affaire de déni de grossesse, murmure-t-on, gourmand. Tu ne devineras jamais qui… » Cette pathologie, courante dans le Nord plus qu'ailleurs, finit souvent devant les tribunaux. « En proie à un déni de grossesse, elle jette son bébé par la fenêtre » ; « Elle découvre sa grossesse en accouchant », relate la presse régionale. Sans même parler du cas médiatique local de Dominique Cottrez et de son octuple infanticide, ce genre de titres alimente régulièrement la rubrique des faits divers. Mais cette fois, c'est un peu différent. La femme qui nie sa grossesse est l'une d'entre eux. Une avouée de profession exerçant dans la région, mariée, qui plus est, à un avocat lillois et maman d'un petit garçon. Cette blonde élancée et tonique, souvent en jupe étroite et mocassins, a collaboré avec nombre d'avocats du Pas-de-Calais. Fabienne Roy-Nansion tombe de haut quand elle apprend la nouvelle. *« Je me disais : pas elle, pas Virginie !*

Cette femme de trente-neuf ans au fort tempérament me semblait tenir sa vie bien en main. J'avais justement déjeuné avec elle à peine un mois plus tôt, et non seulement elle ne m'avait pas semblée perturbée, mais je n'avais pas remarqué qu'elle pouvait être enceinte. Lorsqu'elle s'était penchée au-dessus du comptoir où nous déjeunions pour attraper le sel, je m'étais à peine dit : "Tiens, elle a pris un petit kilo, ma copine !" »

Une nuit de 2004, Virginie se lève, elle ressent des douleurs extrêmement violentes au bas-ventre. Elle se glisse dans la salle de bains, discrètement, car son mari est endormi. Là, au-dessus de la cuvette des toilettes, elle accouche seule. Elle attrape un nouveau-né tout bleu entre ses mains. Puisqu'il est bleu, il est certainement mort, se dit-elle. L'histoire se répète, on dirait. Avant son fils, Virginie a perdu un premier bébé. Elle descend à la cuisine pour trouver des ciseaux qui serviront à couper le cordon ombilical. Elle enveloppe l'enfant de serviettes. Il reste bleu. Elle n'arrive pas à comprendre ce qu'elle fait là, dans la cuisine, avec cet enfant mort. Elle attrape un sac poubelle, glisse le placenta, le bébé et les serviettes dedans. Elle sort de chez elle en chemise de nuit, il est 4 heures du matin. Devant la maison, il y a un tas d'encombrants car c'est le jour où les camions de la commune passent les ramasser. Elle dépose son sac sur les déchets de son voisin d'en face et rentre chez elle. Alors qu'elle essaye de remonter les escaliers, elle trébuche sous le coup de la douleur et voit le sang couler. Elle fait une hémorragie. À ce moment-là, son mari se réveille et la trouve baignant dans une mare de sang. Elle lui dit : « Je crois que je fais une fausse couche. » Il saute sur son téléphone pour appeler le Samu.

Le voisin a entendu l'ambulance arriver dans le froid du petit matin, il s'inquiète. Il est même sorti jusqu'au bout du jardin pour voir un peu mieux ce qui se passe. Il aperçoit le brancard de Virginie poussé dans l'ambulance et s'apprête, malgré tout, à retourner se coucher. Un miaulement émane alors du tas d'ordures qu'il a entreposées la veille au soir à l'entrée du jardin. Il pense à un chat. Il s'approche et réalise que les petits cris viennent d'un sac-poubelle à la forme mystérieuse. Il l'ouvre et y découvre un nouveau-né. Il court derrière l'ambulance qui démarre, tape violemment sur la tôle pour la faire s'arrêter. Les portes s'ouvrent, les urgentistes descendent. Le voisin leur dit, essoufflé : « J'ai trouvé un bébé ! » Et là, Virginie, allongée sur le brancard, tourne la tête en disant : « Ce n'est pas le mien ! » À l'hôpital, les médecins feront vite le lien entre la mère et l'enfant.

Trois jours après, soignée mais traumatisée, Virginie se retrouve en détention provisoire à la prison de Valenciennes – dans des conditions atroces, raconte-t-elle aujourd'hui. Elle n'a pas de lit. Elle dort sur un matelas à même le sol pendant six mois. Pour elle, clairement, on voulait lui faire payer. Les larmes lui viennent encore lorsqu'elle évoque le souvenir de son père, disparu depuis, voulant à tout prix lui faire passer un petit pain au chocolat au parloir. Durant cet enfer, il lui faut regarder les choses en face. Cet enfant nié est né d'une relation extra-conjugale, sa famille risque d'éclater.

« À l'époque, les rumeurs les plus folles circulaient. On parlait d'un magistrat, d'un avocat général comme le père de mon enfant. On voulait clairement la peau d'une avouée dans ce petit milieu de la justice du Nord », raconte Virginie. Elle connaît le droit sur le bout des doigts et, au-delà des rumeurs, elle sait que ses actes peuvent lui coûter très cher. Sentant un grand danger planer sur elle, elle admet qu'il lui faut un pénaliste de talent. Son père, voisin d'Éric Dupond-Moretti et chasseur comme lui, suggère de demander son aide. Finalement, Virginie appelle Frank Berton qu'elle connaît bien. Ils s'étaient d'ailleurs croisés la veille de son accouchement au café Longchamp à Douai. Berton accepte et vient la voir en prison les samedis matins pour préparer son procès. Il essaye aussi d'améliorer ses conditions de détention.

« Au premier procès, Frank m'avait raconté qu'ils étaient tombés sur un jury de femmes qui s'étaient braquées et qui ne voulaient pas du concept de déni de grossesse, malgré

l'avis d'experts psychiatres reconnus comme les docteurs Daniel Zagury et Roland Coutanceau venus témoigner à la barre. Pour ce jury, il s'agissait simplement d'un gamin issu de l'adultère dont Virginie avait voulu se débarrasser. Comment un magistrat peut-il ignorer à ce point ce que disent des experts intelligents et reconnus, simplement pour aboutir à une condamnation ?» La pathologie devient un délit. Verdict : trois ans de prison ferme. Le choc. Frank Berton conseille aussitôt à Virginie de faire appel au plus vite. C'est un choix compliqué, elle le sait trop bien. Quelque chose doit changer pour ce second procès. Elle ne peut pas y retourner dans les mêmes conditions.

Elle se dit alors qu'une femme pour la défendre ne serait peut-être pas une mauvaise chose. Et très vite, elle pense à Fabienne Roy-Nansion avec qui elle a déjà travaillé en droit de la famille. «Je connaissais son côté maternel, explique Virginie. Je savais que c'était une femme extraordinaire. Je me suis dit qu'elle pourrait m'aider, mais je ne voulais pas vexer Frank Berton pour autant. » Mais, loin de s'offusquer, le pénaliste lillois trouve la suggestion très pertinente. Il s'adresse donc à sa consœur, lui expliquant qu'il a besoin d'elle. *« "Si je peux décortiquer les dossiers d'expertise psychiatriques dans tous les sens, je ne saurai jamais ce que c'est que d'accoucher", me dit-il. Il voulait que je raconte à la cour ce qui passe dans la tête d'une femme à ce moment-là, que je leur parle de la maternité. »* Il s'agit maintenant pour les deux avocats d'élaborer une stratégie de défense au cordeau pour sauver Virginie. Pour la défendre avec leurs tripes, Frank et Fabienne ont toutefois eu besoin de lui poser cette question directe : « Est-ce que tu as voulu tuer ton fils ? » Et Virginie leur a répondu : « Non. »

L'affaire a été dépaysée à Amiens pour que Virginie ne soit pas jugée par des gens qu'elle croisait tous les jours dans sa fonction d'avouée. *« Vingt-quatre heures avant le procès, on a loué trois chambres d'hôtel à Amiens. On a travaillé toute la journée tous les trois pour se préparer au maximum pour le lendemain. On savait que, de nouveau, Virginie risquait gros. On ne voulait pas qu'elle retourne en prison. Le soir, pour se détendre un peu, on a dîné dans un bouchon lyonnais à Amiens, mais on avait le cœur serré. »*

Le lendemain, le duo d'avocats parfaitement réglé fait des merveilles devant, cette fois, un jury d'hommes. « Quand Fabienne a plaidé, c'est une maman qui est venue à la barre. Avec sa voix douce, elle a parlé de mes deux petits garçons, de notre famille qu'on essayait de reconstruire et fait comprendre qu'il fallait nous laisser tranquille. Sa plaidoirie a été un moment suspendu pour moi », se souvient Virginie. *« J'ai commencé par dire que la maternité était une image d'Épinal. L'enfant paraît, c'est merveilleux… Or, lorsqu'une femme accouche, elle est très loin justement de cette image d'Épinal. J'ai raconté les douleurs de l'enfantement à ce jury composé d'hommes. Je leur ai dit : "Imaginez que vous avez pris une cuite, mais les symptômes ne disparaissent pas au bout de deux jours. Imaginez quatre mois, et parfois plus, de crise de foie. C'est ça être enceinte." Dans cette histoire c'est le combat de cette famille contre la justice qui voulait, elle, que Virginie retourne en prison... Ça n'avait pas de sens, c'était inutile et préjudiciable à la reconstruction psychique de chacun, et surtout de cet enfant.* » À la barre également, le témoignage de l'assistante éducative qui suit la famille fait écho aux paroles de l'avocate.

Virginie est condamnée à la même peine qu'au premier procès, mais cette fois avec sursis intégral. Elle est libre. « Je n'aurais pas voulu prendre un pénaliste parisien. J'ai choisi des gens de cœur, des gens d'ici pour me défendre et je ne me suis pas trompée sur le casting », ajoute-t-elle. Depuis, elle a récupéré son fils : il a aujourd'hui quinze ans et connaît l'histoire de sa naissance depuis qu'il est petit. Le mari de Virginie, resté à ses côtés, vient d'entamer une procédure pour adopter l'adolescent.

Lorsque Virginie a un coup de blues, il lui arrive de repenser à cette histoire. Quand son fils est entré à l'internat, elle a eu l'impression de le laisser tout seul de nouveau. Mais elle a déjà beaucoup travaillé sur tout ça avec une psychiatre, et notamment sur le trouble de stress post-traumatique qui peut vous poursuivre pendant de longues années. Comme lorsque, toute jeune, elle a vu sa mère mourir dans un accident de voiture...

Il y a un an, sur les conseils de Frank Berton, Virginie a voulu revenir au barreau, la profession d'avouée ayant disparu depuis 2012. Ce fut un nouveau combat. Comme un troisième procès. Fin mai 2018, elle a prêté serment : l'avouée est devenue avocate.

Chapitre 6

Le camp de Terlincthun

Il existe une zone de non-droit à Boulogne-sur-Mer. Une longue langue rectangulaire que l'on aperçoit à peine depuis la route de l'Aiglon, départementale qui relie la ville à sa voisine Wimille. Cet endroit où même la police hésite à aller, c'est le camp de Terlincthun. Une verrue qui fait tache dans l'environnement boulonnais. C'est la bête noire de la mairie. Certains se bouchent le nez rien qu'à entendre le nom « Terlincthun ». Des voitures volées y finissent leur route, désossées puis brûlées dans les herbes hautes qui entourent le campement. Des familles entières de forains sédentarisées habitent ici depuis au moins une grosse trentaine d'années. Les Decloître, les Mourmand, les Duru, les Moins, les Ritz… Des noms de grandes fratries qui donnent tout de suite aux gens du coin une idée de l'endroit d'où ils viennent. Et cela ne plaide pas vraiment en leur faveur. Les Boulonnais ont la dent dure vis-à-vis de la communauté de Terlincthun. Dès qu'un article lui est consacré dans La Semaine dans le Boulonnais, l'hebdomadaire local, des commentaires agressifs pleuvent sur les réseaux sociaux. « Des familles de voleurs, de magouilleurs, des crasseux qui profitent du système, qui ne payent ni eau ni électricité… » lit-on – pour résumer – sur Internet. Fabienne Roy-Nansion a, elle, défendu les gitans du camp pendant de nombreuses années.

« Même dans les tribunaux, il y avait toujours, planant au-dessus de mes clients, la menace d'une condamnation arbitraire. Comme si on commandait de les juger quoi qu'il arrive. Si ce n'est pour cette fois, alors pour la fois suivante. Ils étaient forcément coupables de quelque chose à Terlincthun. Ça m'a toujours choquée. Telle une vindicte populaire. Dès que l'un d'eux avait un souci avec la justice, ils débarquaient dans mon cabinet à n'importe quel moment, sans rendez-vous, en me disant simplement : " Mon cousin, mon fils, mon frère est en garde à vue, il faut faire quelque chose, Maître. " Je me souviens d'avoir défendu un des personnages les plus hauts en couleur de la communauté, un certain Georges Mourmand. »

Décédé en 2016 à l'âge de cinquante-sept ans, l'homme aura passé plus de temps en prison que dehors, dans les maisons d'arrêt de Longuenesse et de Béthune. *« Il avait une aura. Une légende, véridique, le suivait. Mis en cabane, il clamait son innocence dans un braquage qui avait mal tourné, mais personne ne l'écoutait. Alors, comme certains font la grève de la faim, il s'était, lui, sectionné le petit doigt avec un simple couteau de cantine… Je dois dire que cette histoire m'impressionnait.* » Georges Mourmand avait une dégaine incroyable, un air pas commode. Un homme-taureau trapu, tatoué et coiffé d'un chapeau noir comme souvent les gitans en portent. Des paluches en guise de mains. « *Je me disais : s'il m'en met une, je vais faire trois tours dans mes chaussures.* » Dans le camp, Georges, c'était « Bouboule », un surnom affectueux pour son côté nounours. Mais il pouvait aussi entrer dans des colères dantesques. Il n'était pas forcément tendre, mais il était toujours respecté. C'était un chef de clan, un de ceux qui réglaient les conflits à l'intérieur du camp.

Au tout début des années 2000, Georges et deux autres compères ont l'idée d'aller braquer une station-service de supermarché pour se faire un peu de cash. Ils décident de pousser jusqu'au Tréport, se sachant moins connus en région normande que sur la côte d'Opale… Le plan est simple : deux d'entre eux entreront faire la caisse, et Georges fera le guet dans la voiture. Le butin récupéré, en moins de deux, ils s'envoleront. Mais les choses ne vont pas se dérouler exactement comme prévu. Cagoulés, les deux braqueurs posent bien le pistolet sur la tempe de la caissière qui se trouve seule dans sa cabine : « La caisse ou la vie ! » La fille hurle de peur. Sans difficulté, ils prennent l'argent, mais de retour à la voiture, plus de conducteur !

Déboussolés, les braqueurs font deux fois le tour du parking du supermarché en courant à sa recherche puis s'enfuient à travers champs avec leur butin. Entre-temps, la caissière a donné l'alerte et ils sont vite retrouvés par les forces de l'ordre. Georges, lui aussi, est bientôt coincé par les gendarmes. Lorsqu'il arrive au commissariat, ses deux complices ne peuvent s'empêcher de lui lancer : « Mais putain, tu étais où ? »

Georges était à l'époque marié à une jeune femme très frêle, Charlotte, avec qui il a eu plusieurs enfants. Quelques heures plus tôt, planqué dans sa voiture sur le parking du supermarché, le braqueur pense subitement à sa chère et tendre. Il se souvient que celle-ci, qui est enceinte, aimerait bien manger des pommes. Il file aussi sec dans le supermarché lui en acheter. Mais, là non plus, tout ne se passe comme prévu : il y a du monde à la caisse… Au tribunal d'Abbeville, le trio écopera d'un peu de prison.

Une autre fois encore, le forain et ses complices se retrouvent au tribunal pour une affaire de cambriolage dans la zone industrielle de Saint-Martin-Boulogne. Il fait nuit. La police surprend le trio rôdant autour d'un entrepôt et les interpelle. *« À la barre, c'est plutôt cocasse. Ils prétendent être venus là pour la chasse aux hérissons. Ils racontent que les forains aiment beaucoup les manger grillés et qu'ils savaient qu'il y en avait beaucoup à cet endroit. Je n'ai pas pu m'empêcher de rire tout en les défendant. »* Le rôti de hérisson à la broche, c'est certainement la première fois que le juge entendait une telle excuse. Comment défendre des personnages aussi rocambolesques ? *« Il y avait quelque chose des films des Charlots dans ce trio infernal, un ressort comique indéniable. J'ai plaisanté un peu au début de ma plaidoirie en évoquant la chasse aux hérissons, aux papillons, pour essayer d'atténuer la gravité des faits qui leur étaient reprochés. Ce qui comptait, surtout, c'était la façon dont réagissaient les magistrats en face : certains s'amusaient de ces histoires, mais d'autres, au contraire, se fâchaient, prétendant que mes clients se moquaient d'eux et les condamnaient parfois plus sévèrement encore. »*

« Les gitans sont des gens très méfiants qui n'accordent pas leur confiance facilement. Je les comprends, mais je crois que j'étais parvenue, au fil des années, à gagner la leur. Même s'ils ne sont jamais allergiques au fait de mentir un peu, même à leur avocat… » Des innocents, pris sur le fait avec un pied de biche à la main, mais toujours là par hasard. *« Ce n'était pas difficile de les défendre, car j'avais de la tendresse pour eux. Ce qui me fascinait, c'était de voir à quel point leur famille était sacrée. Leurs femmes, leurs nombreux enfants, qu'ils gâtaient beaucoup, c'était tout pour eux. Ça me changeait des fratries déchirées par des maltraitances ou des abus sexuels… Ces familles ont un côté profondément touchant. Quelque part, je sors moi aussi de la caravane. Mon arrière-grand-mère, Rosalie Goldsmith, était une tsigane, une comtesse aux pieds nus, qui m'a beaucoup marquée par sa grande dignité tout au long de sa vie de misère. »*

Les racines du camp de Terlincthun échappent, elles, à la plupart des Boulonnais. Personne ne sait réellement comment cette centaine de familles s'est peu à peu installée là. Une communauté sans mémoire consignée nulle part. Pâquerette, une petite cousine des Mourmand, connaît un peu mieux le passé de ces familles. Cette petite dame de soixante-six ans aux boucles permanentées fut parmi les premières à s'installer avec ses parents à Terlincthun dans les années 1970. « J'avais à peine vingt ans. À l'époque, on était seulement huit ou dix caravanes. On avait pu s'installer sur un premier terrain situé près de l'Intermarché d'aujourd'hui, mais il a fallu bouger. On vivait dans des caravanes, on se déplaçait encore un peu. La mairie nous a dit d'aller plutôt nous installer sur cette parcelle en contrebas. On n'en est jamais repartis. Maintenant, dans le camp, les gens vivent pour la majorité dans des mobile homes et plus personne ne bouge, c'est fini », confie-t-elle en lustrant machinalement l'intérieur propret de son foyer. Une petite chambre et un salon-salle-à-manger, dans des tons violets et argentés, meublés de façon optimale vu le peu d'espace. Sur la table de plastique blanc, trône une grosse cerise moulée en verre transparent. Dans le coin salon, les lumières sont bleutées façon discothèque. « J'aime bien que ce soit propre. Je change souvent la décoration », confie-t-elle. Posé sur un petit terre-plein, son mobile home fait face à l'horizon qui donne à voir la capricieuse Manche à perte de vue. « J'ai une vue sur mer comme on dit, s'amuse-t-elle. C'est comme si j'avais un balcon, une petite scène montée sur une estrade. »

La mère de Pâquerette vivait dans des caravanes en bois, au Portel, un village de pêcheurs près d'Outreau devenu station balnéaire. Un des endroits les plus pauvres du Nord de la France. « Ma grand-mère était une vraie gitane. Elle avait une caravane avec des chevaux. Elle naviguait entre Boulogne-sur-Mer et Calais. Elle vendait des fleurs, des paniers en osier en faisant du porte-à-porte. Mon grand-père, lui, était rémouleur, il affûtait les couteaux sur son charriot. » Cette histoire, Pâquerette l'a déjà racontée à ses petits-enfants et arrière-petits-enfants qui vivent auprès d'elle dans le camp. Sa famille, c'est toute sa vie. Adolescente, elle devait déjà s'occuper de ses huit frères et sœurs. « J'étais l'aînée. Les plus jeunes m'appelaient Maman. » Juste à côté de son mobile home, il y a celui d'un de ses fils. Deux autres de ses enfants se sont installés plus loin, mais toujours dans le camp. De bon matin, elle quitte Terlincthun pour aller travailler au pied des remparts boulonnais, dans un petit café-restaurant racheté par un de ses fils quatre ans auparavant. « J'étais contente de travailler.

Je déprimais un peu toute seule. J'ai été mariée trois fois, trois fois veuve… Mon premier mari était somnambule. Une nuit, il a fait une mauvaise chute. Le deuxième était alcoolique, et le troisième a eu un cancer. » À midi, dans le café, déjeunent des clients du quartier. Le soir, c'est plus mélangé, entre voisins et forains. Ce matin, ça embaume le chou farci depuis les cuisines. « On fait simple mais c'est bon », précise-t-elle fièrement. Au bar, accoudé devant une bière, il y a toujours un cousin, un parent éloigné de Pâquerette, qui vient prendre des nouvelles.

Si elle ne sait plus très bien comment l'histoire du camp a commencé, la gitane a peur de savoir comment ça risque de finir : dans les flammes ! L'hiver, les compteurs électriques, volontairement bloqués ou surchargés, finissent par prendre feu. D'autres fois, ce sont les robinets communs qui se grippent avec le froid. Alors, ils ne peuvent pas rester. Ils partent dormir à l'hôtel pour quelques nuits. En 2018, le terrain de Terlincthun n'est plus aux normes. Les fils électriques trempent dans des flaques d'eau, les compteurs sont juste à côté des robinets. Des gamins ont abîmé les installations communes. Pâquerette n'a jamais quitté le camp, mais parfois, avec l'âge qui avance, elle rêve d'une petite maison de plain-pied, une de celles du Chemin Vert, la cité HLM juste au-dessus. « J'ai fait une demande, mais ça donne rien. J'ai pourtant un petit cousin qui habite une maison de ce genre rue Auguste-Delacroix. Il est ferrailleur et colombophile. » Dans ce quartier très pauvre, forains sédentarisés et anciens ouvriers des boîtes à poisson vivent dans des logements sociaux vétustes. Les deux communautés cohabitent parfois difficilement. Les « pêcheurs » se plaignent de ces forains qui brûlent des « saloperies » : plastique, pneus, câbles électriques remplis de cuivre, carcasses de voitures... Tout y passe. L'été, il faut vite fermer les fenêtres pour que les odeurs de fumée n'envahissent pas les logements. Beaucoup de forains sont ferrailleurs, comme les Mourmand. Pendant soixante ans, la casse automobile de Saint-Martin-Boulogne, une des plus importantes du Nord-Pas-de-Calais, était tenue par une dénommée Marie-Rose Mourmand. Un symbole ! Une femme d'origine gitane qui a réussi. Avec son fort caractère, elle menait son petit monde avec poigne. Son petit-neveu, le réalisateur Christophe Lamotte, la raconte dans son film touchant *Nord Paradis*, tourné en 2009 parmi ces amas de ferrailles. Depuis, Marie-Rose Mourmand, âgée aujourd'hui de plus de quatre-vingts ans, s'est éloignée de la casse, passant à son fils Daniel le flambeau de l'entreprise familiale.

Mais il n'a pas fait toujours bon s'appeler Mourmand et travailler les vieux morceaux de fer ou de cuivre. Ainsi, François Mourmand, « qui faisait de la ferraille au noir avec son père et claquait son RMI en vidéos »[1], fut accusé de pédophilie dans l'affaire d'Outreau. Mort en prison d'un surdosage médicamenteux deux ans avant le procès, il ne connaîtra pas le soulagement de l'acquittement que sa sœur Lydia obtiendra pour lui à titre posthume. Il venait, lui aussi, du terrain de Terlincthun, il y avait grandi. Sa sœur raconte ces jours où, durant leur enfance dans le « camp de nomades » boulonnais, « les familles se payaient le cochon : on faisait des braises avec des palettes de bois. Dessus, on mettait un sommier et puis, couché en travers, le cochon tout entier »[2]. Pour les gens du Pas-de-Calais, le mot ferrailleur fait ressurgir, c'est plus fort qu'eux, un très mauvais souvenir : celui des « monstres du Boulonnais ».

Plus de vingt après les faits, les atrocités des frères Jourdain ne sont toujours pas effacées des mémoires. En 1997, ces marginaux extrêmement violents ont violé et tué quatre jeunes filles venues fêter le carnaval au Portel. Jean-Louis et Jean-Michel, le cauchemar de leurs voisins depuis l'enfance, étaient les ferrailleurs de Dannes, un petit village sur la côte à une quinzaine de kilomètres au sud de Boulogne. Adultes, ils farfouillent les métaux, entassant leurs déchets dans des remorques ou à même le sol. Le mythe glaçant des ferrailleurs était né.

1. « François Mourmand, un fantôme sur les ruines d'Outreau », *Libération*, 6 octobre 2005.
2. Idem

Comment ne pas s'insurger contre ces préjugés qui collent à la peau de ses clients ? Des voleurs oui, mais pas des violeurs. « *Mes clients du camp arnaquaient plutôt des mamies en leur faisant des devis pharaoniques pour des travaux de ramonage ou de réfection de toits au moment du passage du franc à l'euro... Ils commettaient de petits larcins.* » Des petites entorses à la loi ! De la « chourave », comme on dit chez les gitans. Georges Mourmand siphonnait régulièrement les réservoirs de camions du coin. Il s'est souvent fait surprendre, les bidons à la main. Une fois, il a réussi à se cacher juste avant l'arrivée de la police, abandonnant derrière lui son fourgon dont les plaques d'immatriculation étaient masquées avec du scotch. Il a replongé, dès le lendemain, en cabane. Cueilli par les gendarmes à qui il était venu réclamer son fourgon réquisitionné... Des petites escroqueries, des petits trafics pour ces gitans qui, mystérieusement, se présentent tous dans les tribunaux comme des artisans. Du taillage de haies à la réfection de toits, du ramonage au bricolage en tout genre... Et ces petites économies parallèles peuvent au final rapporter gros.

En 2014, la presse locale relatait l'histoire de ce couple de ferrailleurs – vendeurs de voitures résidant sur le camp de Terlincthun – qui menait grand train en touchant le RSA[1] : une Audi A6 et un Hummer garés près de leur mobile home,

1. *La Voix du Nord*, 2 juillet 2014.

des vacances en Égypte et à Antibes, mais rien sur les déclarations d'impôts. *« Au-delà de l'escroquerie, c'est un fait que les forains apprécient les belles voitures. Dans le camp, près des mobile homes, sont très souvent garés des petits bijoux à quatre roues. C'est un détail chez eux qui m'a toujours frappée, je dois l'avouer. Car oui, moi aussi, j'aime les belles bagnoles. Et alors ? »*

Au volant de sa Jaguar rouge, Me Roy-Nansion quadrille le Pas-de-Calais au gré des procès ; et il est de notoriété publique à Boulogne-sur-Mer qu'elle aime les jolies mécaniques. Sa voiture, parfois mal garée sur une place réservée pour la « police », au pied du palais de justice, ne passe pas inaperçue sur les pavés de la vieille ville. *« Attention, il n'y a là-dedans rien d'ostentatoire. Je ne cherche pas à en mettre plein les yeux aux gens. Quand je sors d'une affaire compliquée et qu'il me faut rouler par tous les temps – souvent pluvieux – du Pas-de-Calais, j'ai besoin d'un petit cocon, d'un petit nid douillet, où je me sens en sécurité. Et ce petit cocon, c'est ma voiture. »*

Cette attirance pour les moteurs n'est pas venue avec la cinquantaine et le besoin de plus de confort qui s'ensuit. *Plus jeune, je me suis acheté des petits bolides, des voitures de sport. Avec mon coupé Chrysler Crossfire, je filais de Douai à Boulogne-sur-Mer en bien moins de temps qu'il n'en faut pour faire ce trajet. Je me suis pris beaucoup de contraventions. Le moteur faisait 230 chevaux tout de même ! »* Si elle cherche bien, il lui faut remonter encore plus loin pour trouver une explication à sa passion des moteurs :

« Ces voitures représentent le fruit de mon travail. Je ne les dois qu'à moi et mon labeur. Mais si je réfléchis un peu plus, je vois bien qu'un petit besoin de revanche, sociale certainement, n'y est pas étranger. Quand je suis au volant de mes bolides, je ne peux m'empêcher de penser au vélo sur lequel montait tous les jours ma grand-mère, dans la nuit des matins d'hiver, malgré la neige parfois. »

Mais revenons à Terlincthun. Si vivre en autarcie convient à la majorité de cette communauté, l'enfermement pour certains peut devenir étouffant. *« Paul Noël, un de mes clients, a quitté à vingt ans le camp où il est né pour lancer sa petite entreprise de peinture. Son affaire marche bien, il fait du bon boulot pendant une vingtaine d'années et parvient même à s'acheter une maison à Wimereux, notre banlieue chic. »* Mais, un jour, les choses se gâtent de façon étrange. Des clients le rappellent, très mécontents du travail qu'il a effectué chez eux. Il vérifie la liste de ses interventions et constate rapidement qu'il n'a jamais travaillé pour ces personnes. Il découvre alors que son frère Antonio lui a volé son numéro de Siret et s'en sert pour facturer, en son nom, des travaux de peinture ni faits ni à faire… *« J'ai eu beaucoup de mal à prouver cette usurpation d'identité entre frères ! Nous avons déposé plusieurs plaintes, mais nous luttions contre un fantôme en quelque sorte… Jalousés par ceux qui restent, ceux qui s'en sortent sont souvent rattrapés, puis enfermés, par leur passé au camp. »*

Comment prendre ses distances avec ses origines, comment s'éloigner tout à fait et recommencer sa vie ? Maître Marie-Hélène Calonne, consœur de Fabienne Roy-Nansion au barreau de Boulogne, spécialisée elle aussi en droit de la famille, raconte la volonté de certains d'entre eux de changer de nom. Car ces familles connues de tous les Boulonnais marquent dès leurs premiers pas les gamins qui portent leur nom. « Certains disent que ça les grille pour trouver du travail… Je me souviens du cas d'un jeune, venu me voir avec sa mère pour changer de nom justement. Son père, un Mourmand, ne s'occupait pas de lui ; il l'apercevait parfois ivre mort dans la rue. Ce nom était trop lourd pour lui. Sa mère disait que cet homme était une "erreur de jeunesse" et que depuis elle avait refait sa vie. Le garçon s'est fait adopter par son beau-père et a ainsi pu changer de nom », poursuit Me Calonne.

Fabienne Roy-Nansion a observé que les choses ont changé dans le camp, au fil des années, et que les conditions de vie y sont devenues plus dures. *« L'autarcie protège la communauté des attaques du monde extérieur. Pourtant, certains vices ont fini par s'y introduire. La drogue, notamment. Il y a eu tout d'abord des morts par overdose, puis des aventures des Charlots on est passé au trafic de stup. »*

Au commissariat de Montreuil-sur-Mer, c'est le branle-bas de combat en ce mois de juin 2018. Les gendarmes ont un léger sourire satisfait, sous leurs yeux fatigués des dernières nuits sans sommeil. Ils viennent de boucler une enquête de plusieurs mois. Leur persévérance a enfin porté ses fruits : sept gardés à vue pour trafic de stupéfiants remplissent ce soir les cellules de la gendarmerie. Un joli coup de filet opéré dans la communauté des gens du voyage : plusieurs frères dont les femmes, également impliquées, sont sœurs. Les frères V. ont tous la petite quarantaine, des cheveux noirs, d'un noir de jais, des visages à la peau brûlée par le soleil, et un air de famille saisissant. Ils sont accusés d'avoir revendu cocaïne et héroïne du Touquet à Montreuil, en passant par Étaples et Hardelot, et leurs épouses d'avoir aidé à la répartition des doses, préparant les sachets pour les consommateurs. Après plusieurs heures de garde à vue, la jeune Jenny, cheveux châtains et yeux d'un bleu délavé, est au bord des larmes. Ronde comme un ballon, la jeune femme est déjà maman de trois enfants, de trois ans, deux ans et dix mois. Dans la salle d'interrogatoire, relisant sa déclaration, elle lance d'une voix faible qu'elle voudrait revoir ses enfants, qu'elle s'inquiète pour eux. Elle renifle, ravale ses larmes, et signe sa déclaration avant de laisser sa place à sa sœur Brenda. Les hommes, eux, ont besoin d'être aidés dans cette même démarche, car ils sont illettrés.

Le lendemain, direction le tribunal de Boulogne-sur-Mer sous escorte. Une partie du clan est déjà sur les marches du palais de justice, à attendre les verdicts. Cinq d'entre eux seront placés en détention provisoire. Il faut encore les faire parler, l'enquête n'est pas terminée. Des dizaines de consommateurs sont concernés par le trafic, mais des forains qui dealent, cela reste rare dans la région. Le juge d'instruction commence d'ailleurs ses interrogatoires par la même question : *« En vingt et un ans, je n'ai jamais entendu parler d'affaires de "stup" chez les forains. J'ai vu des cambriolages, des violences, des tortures, des braquages, mais la drogue, jamais ! Pourquoi ? Pour l'argent ? »* Les frères V. acquiescent. La paupérisation et la délinquance croissantes ont définitivement enterré les simples « chasses aux hérissons ». Il y a de moins en moins de ferrailleurs à Terlincthun.

Chapitre 7

Les « pensions CAF »

Axel a sept ans lorsque Fabienne Roy-Nansion entend parler de lui pour la première fois. Ce jeune garçon n'allait que très peu souvent à l'école. Il redoublait son CP car, au lieu d'être en classe, il restait enfermé dans la maison familiale du Portel, une commune située entre Boulogne-sur-Mer et Outreau, où il résidait avec sa mère célibataire. Il paraissait chétif, maladif. Il fallait rapidement intervenir. Pour lui, et pour les autres. Pour ces enfants que les parents n'envoient pas à l'école.

L'enquête sociale diligentée à l'époque est sans équivoque : « La maison où Axel vit est sombre, sans aucune décoration murale. Une odeur de tabac froid imprègne les lieux. Dans la salle de bains, du linge sale s'entasse dans la baignoire et la cuvette des toilettes est pleine. Il semble ne pas y avoir d'eau courante. Le sol est parsemé d'excréments d'animaux (cinq chiens et un chat dans la maison). Axel n'a pas de chambre et aucune intimité. Il dort sur un lit pliant dans la chambre de sa mère, à laquelle on accède en passant par une autre chambre également occupée. » La conclusion de l'enquête sociale est sans appel : « L'habitation, dont l'état confine à l'insalubrité, n'abrite pas moins de huit personnes et de nombreux animaux et ne correspond pas, et de loin, aux besoins de l'enfant. » Cependant, ce décor proche du cauchemar n'est pas le seul problème du petit Axel : sa mère, elle-même peu scolarisée, reconnaît l'absentéisme de son fils mais semble incapable d'y remédier. Elle a quitté l'école vers quinze ans et demi et est aujourd'hui sans emploi, vivant du RSA (soit 412 euros par mois selon ses dires), et d'une pension alimentaire de 80 euros par mois versée par le père d'Axel. Elle a travaillé quelque temps comme serveuse dans des restaurants du Portel. Devant l'enquêteur social, elle commence par se tromper sur le nom de l'école primaire où son fils est scolarisé. Puis elle prétend que si son fils n'a pas mis les pieds à l'école depuis la rentrée, c'est parce qu'il était malade. Aucun certificat médical ne vient étayer ses dires et les jours d'absence s'additionnent malgré les relances téléphoniques et les courriers de l'école. Au total, l'école aura comptabilisé cent demi-journées d'absence pour la première année de CP d'Axel. En France, on parle d'absentéisme scolaire à partir de quatre demi-journées par mois d'absence injustifiée pour les élèves entre six et seize ans. L'institutrice soulève également le problème de l'hygiène de l'enfant « qui a les ongles crasseux et dont le cartable sent mauvais ».

La mère d'Axel explique cette situation notamment par le rejet de l'institutrice, pas commode, qui se venge sur l'enfant de l'absentéisme passé de ses quatre jeunes oncles… Le père, également interrogé pour l'enquête sociale, affirme que son « ex-compagne n'envoie leur fils à l'école en début d'année scolaire que pour toucher la prime ». Lui semble comprendre l'importance pour son enfant d'être scolarisé et déplore qu'à huit ans Axel ne « sache pas lire, à peine écrire son nom, ni compter jusqu'à dix. […] Axel n'a pas les bases […], il va rentrer en CE1 mais il va galérer et il va être dégoûté de l'école. Il est toute la journée enfermé, il joue à la console. Il passe des journées dessus, ça se voit à sa façon de jouer. »

L'entretien du jeune Axel, mené par l'enquêteur social, a montré à quel point l'enfant est pris dans un conflit de loyauté entre ses deux parents. En effet, il modifie son discours selon qu'il est entendu chez l'un ou chez l'autre. Dans ses échanges, il raconte son émerveillement devant ses petites lentilles en train de germer dans la cuisine, mais aussi que ça l'embête vraiment de ne pas apprendre à lire, désignant bien sa mère comme responsable de ses absences. Il faut attendre deux ans après le signalement des services sociaux, pour qu'une procédure judiciaire s'engage devant le juge des enfants. *« Axel a été confié à son père que je représentais. Il vivait, lui, dans un milieu plus socialisé, plus évolué, et il voyait bien en effet l'intérêt que son fils soit scolarisé quotidiennement. »*

Mettre les enfants à l'école, aussi étonnant que cela puisse paraître en 2018 en France, reste un souci majeur à Boulogne-sur-Mer. Ainsi, l'histoire d'Axel raconte la difficulté d'empêcher la reproduction de schémas familiaux enracinés, faits de vies en vase clos. Même dans les cités parisiennes du 93, l'école s'est installée comme un acquis, un devoir. En général, du moins. Pour beaucoup, s'est imposée l'idée que l'école est la porte de sortie, le levier social pour les générations suivantes. Mais ici, dans la grande cité HLM boulonnaise du Chemin Vert, ce n'est pas le cas. Pourquoi ? Par reproduction, on l'a vu. Mon enfant est comme moi, lui aussi fera sans l'école.

Dans l'agglomération boulonnaise, nombreux sont les jeunes parents qui refusent de se plier aux normes scolaires. « Trop loin, trop contraignant », expliquent souvent les mères sans aucune gêne, ni devant les services sociaux ni devant les tribunaux, pour expliquer l'absentéisme récurrent de leurs enfants. Un ancien juge d'instruction du tribunal de Boulogne-sur-Mer, bien connu dans la région, se souvient d'une phrase qu'il a un jour lancé à l'une d'elles : « Mais, Madame, on ne va pas quand même pas construire l'école au pied de votre immeuble pour que vous puissiez scolariser vos enfants. » Elle devait prendre le bus pour accompagner son enfant. C'était un obstacle de trop !

Depuis 1959, la scolarité est obligatoire en France pour tous les enfants de six à seize ans – à la rentrée 2019, elle sera abaissée à trois ans. Mais ici beaucoup de parents flirtent avec l'absentéisme toléré en maternelle, jusqu'ici non obligatoire, et continuent, au-delà de cette tolérance, en primaire comme pour le jeune Axel – ce qui mène tout droit au décrochage scolaire. Amziane Abid, chargé de la culture au service de la rénovation urbaine à Boulogne-sur-Mer, affirme que l'échec scolaire est un phénomène important au Chemin Vert. « Les enfants y ont des journées inadaptées à leurs besoins. Les parents ne leur imposent pas de règles. Parfois, ils restent éveillés jusqu'à 2 heures du matin. Évidemment, le lendemain, quand ils parviennent à se lever pour aller à l'école, ce qui n'est pas toujours le cas, ils dorment en classe… Comment pourront-ils s'en sortir sans ce levier social ? »

Accumulant de grosses lacunes, ces enfants du Pas-de-Calais auront, pour la majorité, peu de chances de faire des études. Ici, les rêves des gamins sont plutôt alimentés par les réussites locales comme celle du footballeur Franck

Ribéry, qui a fait ses premiers dribbles au pied de la tour Boieldieu, au Chemin Vert. Une partie de sa famille vit toujours dans la cité où le mythe du prodige « Ti Franck » reste ancré. La presse locale s'enflamme désormais pour une nouvelle étoile : Jimmy Gressier, « la fusée du Chemin Vert », est, à vingt et un ans, un des espoirs tricolores en cross-country. Un gamin qui, lui aussi, a grandi dans une famille très modeste de la barre Boieldieu. Tout valait mieux que l'école, pour « Mimi » le petit sportif et ses copains qui s'entraînaient dehors jusqu'à 22 heures et aussi le matin avant d'aller en classe. Parallèlement à son parcours sportif, Jimmy Gressier suit des études de BTS en relation client. La Caisse d'épargne lui a promis un emploi à Boulogne-sur-Mer. À la cité, on l'appelle le surdoué.

« Le problème, c'est que leurs lacunes scolaires les poursuivent adultes. Et cela crée souvent des moments gênants au cabinet lorsque je me rends compte que mes jeunes clients ne savent pas vraiment lire ni écrire. Pour ne pas avoir à remplir leurs chèques, ils prétendent avoir oublié leurs lunettes de vue… » Selon un rapport publié fin 2017 par le Conseil national d'évaluation du système scolaire (Cnesco), le décrochage scolaire a nettement reculé en France ces dernières années, sauf… dans l'académie de Lille qui fait figure de très mauvaise élève : la part des non-diplômés parmi les jeunes de quinze à vingt-quatre ans est restée quasiment identique – à 29,3 % contre une

moyenne nationale désormais à 24,7 %. Boulogne-sur-Mer appartient à cette académie et, à l'instar de Lille, coche les mauvaises cases, ce qui pourrait expliquer le fort pourcentage de décrochage scolaire : part importante de non-diplômés dans la génération des parents, les 45-54 ans, chômage élevé, revenu médian faible, part élevée de familles monoparentales, de familles nombreuses et de ménages vivant en HLM : cette population à laquelle on est souvent confronté à Boulogne-sur-mer quand on intervient en droit de la famille. Des cellules monoparentales pour la plupart, à la typologie locale bien particulière, et que les avocats boulonnais surnomment les « pensions Caf ».

Élodie tente une entrée par la porte principale du cabinet. Mais sa poussette ne passe pas. Elle a beau forcer, rien à faire. Il faut dire que son bolide à roulettes est impressionnant : une poussette *king size* au châssis plastique gris aluminium, un guidon molletonné, quatre roues amorties. Un modèle de compétition, qu'elle a mis du temps à choisir chez Aubert, un magasin de puériculture de la zone commerciale de Saint-Martin-Boulogne. Dans la poussette, sa fille aînée aux jolis cheveux blonds, raides comme des baguettes, ouvre de grands yeux apeurés et regarde fixement sa mère tout en croquant un biscuit. À l'arrière, le petit dernier, six mois à peine, le crâne recouvert d'un doux duvet blanc, dormait à poings fermés ;

mais, réveillé par les chocs répétés contre la porte, il pousse des hurlements aigus à percer les tympans. Pour arrêter ce massacre, Natacha, l'assistante, ouvre alors la porte d'entrée de l'immeuble qui mène, elle aussi, au bureau de Me Roy-Nansion. Là encore, le couloir est un peu étroit, mais la poussette passe… « Une entrée fracassante, commente Natacha en plaisantant avec sa patronne. Mais on a un peu l'habitude. Les chambranles de nos portes accusent le coup chaque fois. On ne compte plus les rayures sur les murs… Des poussettes de cette taille, on n'a jamais vu ça ! »

Comme l'avocate a du retard, la petite fille blonde s'impatiente dans l'étroite salle d'attente. Elle a besoin d'aller aux toilettes. Élodie laisse son bébé dans la poussette et file avec l'aînée. Natacha les regarde passer, sourcil levé. Elle profite de leur absence pour se glisser discrètement dans la salle d'attente. Elle jette un regard sur le petit bébé sage et vérifie que le placard à fournitures est bien fermé. En effet, quelque temps auparavant, toute une cargaison de piles neuves servant aux dictaphones du cabinet s'était volatilisée. Il faut dire que dans cette salle d'attente, il y a du passage. Même des embouteillages avec, parfois, plusieurs poussettes. Ces clientes un peu particulières, ce sont donc ces dossiers estampillés « pensions Caf ». Elles représentent un tiers des cas de contentieux familiaux hors divorces de Fabienne Roy-Nansion. Ces jeunes femmes viennent jusqu'ici entamer des procédures contre les pères de leurs enfants, afin de pouvoir toucher l'Allocation parent isolé. En effet, sans justificatif d'une demande au père de pension alimentaire, la Caisse d'allocations familiales (Caf), ne leur versera pas cette aide.

Ainsi, par l'intermédiaire de leur avocate, ces femmes lancent des procédures judiciaires pour forcer le père de leur enfant à leur verser une pension. *« Mais, la plupart du temps, cela n'aboutit pas. Les juges déclarent alors que le père est impécunieux, et les mères peuvent ainsi présenter ces conclusions à la Caf. »* À Boulogne-sur-Mer, dans la quasi-totalité des cas, ces affaires tombent sous le coup de l'aide juridictionnelle. *« Les revenus de nos clients ne leur permettent pas de payer les services d'un avocat. L'État prend donc en charge leurs frais de justice et indemnise les avocats selon des barèmes très précis. Une procédure simple de "pension Caf" me rapporte environ 400 euros, alors que c'est beaucoup d'investissement. D'abord en temps, car on ne retrouve pas toujours facilement le père des enfants. Ensuite, je dois plaider le cas devant le juge, donc je dois m'impliquer. Mais je ne peux pas nier non plus que ces dossiers représentent une part conséquente des revenus du cabinet : entre 10 et 15 % de mon chiffre d'affaires. »* De son cabinet et de tous les cabinets du Boulonnais spécialisés dans le droit de la famille, vu le nombre de « pensions Caf » recensées dans le département.

Dans le Pas-de-Calais, 39 % des allocataires bénéficient de prestations familiales ; 18 889 allocataires y sont aussi bénéficiaires de l'Allocation de soutien familial (ASF) pour 30 808 enfants. L'ASF est versée pour élever un enfant sans l'aide de l'un ou des deux parents ou pour compléter une pension alimentaire d'un trop faible montant.

En général, les « pensions Caf » ne sont pas les clientes avec lesquelles se nouent les liens les plus profonds. *« Ces jeunes femmes ne retiennent même pas votre nom. Quand elles arrivent au secrétariat du cabinet, elles ne savent pas avec qui elles ont rendez-vous. Elles agissent comme si c'était un service qui leur était dû. Tout ce système d'aide s'est un peu institutionnalisé dans leur tête. Elles débarquent en disant : "J'ai reçu un papier de la Caf." Pendant le rendez-vous, elles restent scotchées sur leur téléphone et lèvent à peine la tête pour vous répondre. Elles ont visiblement des choses plus importantes à gérer, ailleurs. Leur marmaille court dans tous les sens dans le bureau, et vous, vous essayez, au beau milieu de tout ça, de deviner qui peut bien être le père et de récolter au moins une bribe d'adresse. Parce qu'en plus, souvent, ce n'est pas le même père d'un enfant à l'autre. Moi, je ne suis pas une avocate-détective comme dans leurs séries américaines. Je ne peux pas mener d'investigations. Donc je les secoue un peu en leur disant que c'est à elles de savoir avec qui elles ont eu cet enfant et ce que ce géniteur est devenu ! Sinon, pas de pension Caf ! »*

Pas si simple d'assumer cette vision un peu dure et aucunement exagérée. Un peu partout en France, les allocations familiales sont évidemment d'un grand secours pour tous les foyers pauvres. Ce n'est pas un scoop. *« Mais ici, dans la région, c'est quand même différent. Le système s'est perverti. »* Même une avocate en grande empathie avec ses clients peut se sentir démunie dans son rapport à ces jeunes femmes, dans sa compréhension de leur monde, le seul qu'elles aient connu. Dans une ville pauvre comme Boulogne-sur-Mer, avec un taux d'inactifs chez les 15-64 ans frôlant les 31 % et un taux de pauvreté de 33,1 %, contre 13,9 %[1] dans l'ensemble de la France, allocations chômage et RSA sont les seules ressources pour survivre.

Mais il y a une autre façon de gagner de l'argent : faire des enfants. *« Tomber enceinte pour une jeune fille du Boulonnais, c'est peut-être la meilleure nouvelle qui soit. Cela lui permet de s'émanciper, de quitter le domicile parental grâce, de fait, aux futures allocations familiales. Elles arrivent au cabinet en me disant : "Maître, je suis ra-enceinte !" – de nouveau enceinte. »* La Caf donne 90 euros mensuels de supplément par enfant. À ce prix-là, les grossesses s'enchaînent vite. En général, à vingt ans, ces jeunes Boulonnaises ont déjà au moins trois enfants et elles finissent souvent avec pas loin de la dizaine. Sur le nombre,

1. Derniers chiffres Insee, 2015.

malheureusement, certains seront placés. « *J'ai déjà vu des mères quitter le bureau du juge en claquant violemment la porte, très en colère, non pas parce que leurs enfants étaient placés mais parce que leur placement signifiait la fin de leurs allocations…* »

La venue d'un enfant n'est pas non plus synonyme, pour ces femmes, d'un autre bonheur : celui de partager un foyer avec l'homme qu'on aime. « *Une fois, attendrie devant une de mes clientes venue pour une "pension Caf", je lui ai demandé : "Mais quand même, vous ne voudriez pas qu'il revienne vivre avec vous, ce garçon ?" Elle m'a répondu aussi sec : "Pff, pour ce que ça sert, un mec !"* » Ce sont les filles qui, parfois, empêchent leurs copains d'aller déclarer officiellement leurs enfants, pour être certaines de toucher la Caf. Maître Marie-Hélène Calonne confirme le phénomène : « En même temps, il faut dire que certains hommes ont des comportements tellement consternants que, quelque part, je les comprends aussi… Entre les jeux sur leur console, la consommation de bières ou de cannabis tout au long de la journée, ces jeunes garçons vivent dans une grande immaturité. Certains d'entre eux disent même refuser d'aller travailler pour ne pas avoir à payer de pensions alimentaires aux mères de leur(s) enfant(s). "Elle, elle a la Caf, donc bon", nous disent-ils. Certains ne donnent plus de nouvelles. D'autres croisent leurs enfants dans la rue sans leur adresser un regard ! »

Il existe ainsi, dans le Pas-de-Calais, des

communautés de jeunes femmes sans compagnon et sans emploi, élevant de nombreux enfants dans des conditions précaires. Leur mère, parfois leur grand-mère, ont vécu de cette manière. Elles sont dans la reproduction du monde dans lequel elles ont été élevées. Elles n'ont pas d'autres schémas en tête. Mais elles font ce qu'elles peuvent malgré tout. Fabienne Roy-Nansion a été témoin de situations où, par vengeance ou jalousie, des femmes en ont dénoncé d'autres auprès de la Caf. *« Certaines, mal intentionnées, précisent ainsi que le compagnon de leur voisine, soi-disant absent, vit bien dans l'appartement familial. Quand ce n'est pas le père lui-même qui dénonce son ex-compagne. Cela crée beaucoup de situations conflictuelles… »*

De ces « fraudes à la Caf », découle une autre dérive du système : les indus. C'est-à-dire un versement de prestations fait à tort, suite à une déclaration inexacte ou tardive. *« Certaines femmes doivent des indus pharaoniques, pouvant atteindre les 20 000 euros. Je dépose alors à la Caf des demandes en remise gracieuse. L'organisme met parfois en place des retenues de vingt euros par mois sur les allocations, mais tout le monde sait qu'elles ne rembourseront jamais ces énormes sommes… »*

Ces générations « pensions Caf » sont particulièrement concentrées sur le plateau du Chemin Vert. Cette grande cité boulonnaise possède une longue histoire de misère sociale. Sur les 44 865 habitants que compte la ville, plus de

11 000 vivent dans ces quartiers au nord de la ville. Pourtant, cette zone urbaine sensible, construite dans les années 1950-1960, devait être provisoire. Boulogne, détruite à 85 % au sortir de la Seconde Guerre mondiale, doit reloger sa population en urgence. Le haut plateau de la ville, encore vierge, s'y prête. Des premiers baraquements (les « demi-lunes ») puis des logements collectifs sont construits. On donne à la première nouvelle cité le nom de Transition. S'y installent des ouvriers de marée et de conserve, des marins, des dockers et leurs familles. Une « ville dans la ville » est née, marginalisée d'emblée car coupée du centre mais avec la plus belle vue sur la rade et ses falaises qui dévalent vers la mer. *« On dirait l'endroit sorti des films du réalisateur anglais Ken Loach sur la classe ouvrière britannique. Le passé de "colonie anglaise" de Boulogne n'y est sûrement pas pour rien. Je me dis souvent qu'un Billy Elliot pourrait tout aussi bien surgir d'une rue du Chemin Vert. »*

Dès les années 1980, l'ancienne cité ouvrière commence à jouer avec les teintes de gris. Le parc immobilier vieillit mal, les industries de la pêche et la sidérurgie se grippent. Les premières vagues de licenciements déferlent. Une « pauvreté blonde aux yeux bleus »[1] s'installe. Une détresse sociale aussi. Certains commerces ferment, de petits trafics de drogue naissent. Le « Boulogne d'en haut » viendra paradoxalement pointer au plus

1. *Libération*, 13 juin 2006.

bas de l'échelle sociale. À la fin des années 1990, l'Insee rapporte que 61 % des locataires y sont inactifs ou à la recherche d'un emploi. Plus d'un ménage sur deux avait alors un revenu annuel imposable inférieur à l'équivalent de 3 963 euros, et le pourcentage de familles monoparentales s'élevait à 42 %[1]. Une misère blanche, et non issue de l'immigration.

Habiter le Chemin Vert devient stigmatisant, le reste de Boulogne évite le coin. Dès le début des années 2000, les premières barres, celles du quartier Transition, sont dynamitées dans le cadre d'une rénovation urbaine. Les habitants vivent désormais entre terrains vagues et parties d'immeubles murés. Dix-huit ans plus tard, si beaucoup ont été relogés, c'est toujours le même décor pour d'autres, ceux des quartiers Triennal et de L'Aiglon qui attendent une reconstruction qui traîne en longueur.

« Au pied des immeubles les plus délabrés, vu de l'extérieur, on ne distingue plus très bien les parties désertées des parties habitées. Carreaux brisés, paraboles rongées par la rouille, boîtes à lettres éventrées, puis soudain, à une fenêtre, j'aperçois une housse de couette à pois roses qui sèche au vent. » Pas de jeux pour les enfants, pas de square, mais des motos qui tournent dans la cité jusqu'à 3 heures du matin, des rodéos avec des voitures, des feux de poubelles. En 2008, le réalisateur

1. Chiffres cités par le journal *Le Monde* dans son édition du 26 mars 2007.

et metteur en scène Bruno Lajara avait tourné à cet endroit un court-métrage sur le sujet, *Le Dernier Locataire. « La première fois que j'ai mis les pieds au Chemin Vert, il m'a fait penser aux quartiers nord de Marseille : une réalité dure, et face à nous la mer, l'ailleurs, l'aventure possible »*[1], raconte le réalisateur. Dans son documentaire-fiction, il filme Lucien Prévost, fils de marin au chômage et habitant de Transition depuis trente ans. Seul dans un immeuble déserté, condamné à la destruction, il refuse de partir malgré le relogement qu'on lui propose. Sans eau, sans ascenseur, le dernier locataire résiste et bloque à lui tout seul la « machine sociale ». Car il n'abandonnerait pour rien au monde sa magnifique vue sur la mer et tous ses souvenirs. Plutôt mourir. Le film témoigne du traumatisme de ces habitants déjà très abîmés, qui voient leur cité s'effriter sous leurs yeux.

Une architecte trentenaire, Sophie Ricard, connaît bien, elle aussi, ces difficultés des habitants du Chemin Vert. De 2010 à 2013, elle a vécu et travaillé dans la rue Auguste-Delacroix dont les petites maisons modestes étaient aussi destinées aux pelleteuses. Promise à la destruction, la rue était à l'abandon : plus d'éclairage public, plus de ramassage d'ordures – les Boulonnais en parlaient comme d'un mini-ghetto. Pourtant l'agence Construire, créée par l'architecte militant Patrick Bouchain, en changera le destin, menant une

1. *La Voix du Nord*, 2 avril 2009.

entreprise insensée pour le secteur immobilier : une rénovation pour le prix d'une démolition. « Il s'agissait de 60 maisons individuelles sans intérêt, construites en 1972, habitées par des familles défavorisées, voire parfois marginalisées, payant des loyers on ne peut plus bas, souvent inférieurs aux allocations logements. La rue Auguste-Delacroix est un délaissé social et sa rénovation posait immanquablement la question de l'attitude à adopter face à ceux qu'on y avait logés : des gens du voyage sédentarisés, des familles dans lesquelles on hérite du chômage de ses parents, des personnes âgées coupées du monde, replongées par la force des choses dans une misère d'un autre temps. »[1] Frédéric Cuvillier, le maire socialiste de Boulogne, soutiendra ce projet inédit de co-construction d'un habitat social avec les 250 habitants de cette rue serpentant au pied des tours.

À l'issue de ce chantier hors norme, Sophie Ricard n'a pas obtenu son habilitation à la maîtrise d'ouvrage architectural : « Le jury a estimé que ce que j'avais fait à Boulogne-sur-Mer relevait du travail de l'assistante sociale et non de l'architecte. »[2] Chacune des 60 maisons a pourtant été rénovée du sol à la toiture. Cinq ans après, si les embruns ont fait craquer la peinture des volets, la rénovation tient toujours. « Si les foyers de ce quartier sont toujours aussi pauvres, ils le sont

1. *Pas de toit sans toi*, ouvrage collectif sous la direction de Patrick Bouchain, L'Impensé, Actes Sud, 2016.
2. Idem

de façon moins dégradante qu'auparavant »[1], affirment les architectes de Construire.

Les logements miséreux du Chemin Vert, une autre catégorie professionnelle les arpente : les huissiers du Boulonnais. Des officiers publics et ministériels qui n'ont pas la tâche facile et que l'avocate côtoie de près dans son métier. *« À la fin des années 1980, j'avais un ami huissier installé à Desvres. Il venait régulièrement au Chemin Vert pour des saisies. Avec un peu d'humour, il me disait : "Je vais à Green Way, jeudi…" Ensuite, il passait me voir au cabinet en fin de journée et il me racontait sa journée à la cité. "J'ai encore rien saisi", me disait-il. Moi, étonnée, je lui demandais : "Ils ne t'ont pas ouvert la porte ?" Lui : "Si, je suis rentré au contraire. Ce sont les petits qui sont venus m'ouvrir. Ils avaient du lait caillé au bord des lèvres, des chaises pourries dans la cuisine. Derrière eux, leur père était affalé sur un vieux canapé devant un grand écran de télévision, des canettes de bière aux pieds. Quand j'ai vu l'état de l'appartement, je n'ai rien pu saisir." Mon ami se disait que s'il prenait des meubles, le peu qu'il aurait pu, ce serait peut-être du lait en moins pour les enfants… Il n'avait pas le cœur de le faire et cette situation lui est arrivée souvent à "Green Way". Il faisait des procès-verbaux de carence et ses mandants comme l'EDF ou l'Ursaff étaient de moins en moins contents. Lui avait de plus en plus de soucis cardiaques, certainement liés en partie au stress de ce travail… Il a fini par partir, il n'en pouvait plus de cette situation. »*

1. Idem

Trente ans plus tard, un autre huissier est aussi sur le départ. Dans son étude du centre-ville de Boulogne, l'homme n'a pas vraiment le sourire. Cette fois, c'est sûr, il s'en va. À cinquante-deux ans, il a décidé de tout plaquer cet été pour s'écrire une nouvelle vie, loin d'ici : il sera bientôt agent immobilier dans le sud de la France. Un départ qui ressemble à une fuite : « Vingt-cinq ans que j'étais à Boulogne-sur-Mer. Je n'en pouvais plus. » La goutte d'eau ? « Je me suis fait casser la figure à l'étude l'année dernière. J'ai eu très peur. C'était un cas d'expulsion. Je n'avais jamais vu le locataire. On a sorti le chien puis scellé le logement. On a *in fine* collé sur la porte l'affiche “Interdit d'entrer”, comme on le fait toujours. Peu de temps après, un type que je ne connaissais pas a déboulé à l'étude et m'a roué de coups. Il était venu se venger directement à la source. Il a pris six mois de prison… » raconte l'huissier, encore ému.

Avant, les portes de son étude claquaient sans arrêt : les gens, venaient y régler leurs dettes en sanglotant. Le début de la fin, il le date des années 2000. « Maintenant, vous bloquez un compte, les gens s'en foutent complètement. Et puis on ne peut plus faire notre boulot d'huissier : dans les appartements, il n'y a plus rien à saisir. Les meubles ne valent rien. Au Chemin Vert, quand on a des loyers impayés ou des nuisances provoquées par les habitants, on fait résilier le bail puis on expulse. Mais on y va avec quatre cars de flics… » Il confie rencontrer souvent le syndrome de Diogène dans les endroits particulièrement marginalisés, comme la rue Auguste-Delacroix. Ce syndrome est un trouble comportemental associant une tendance à l'accumulation d'objets, une négligence de l'hygiène corporelle et domestique, et un isolement social. « Dès la porte, tout est rempli du sol au plafond par des journaux, des sacs, des déchets… Vous ne pouvez même plus entrer dans les appartements. C'est au choix les Mystères de Paris ou la cour des miracles… » ajoute l'huissier. Déjà la tête entre deux cartons de déménagement, il conclut : « Il ne reste plus que les "cassos" à Boulogne-sur-Mer. C'était pourtant une belle ville il y a encore dix ou quinze ans… Même dans la justice, on n'a que des sorties d'école, des premières affectations, subies. »

« Ces situations existent. Ces noyés sociaux sont une réalité de Boulogne-sur-Mer. Mais, il ne faut pas oublier non plus que dans nos cabinets d'avocats ou d'huissiers n'arrivent que les cas les plus tristes, les plus extrêmes. » Sur ce sujet délicat, il est impératif pour l'avocate de nuancer en permanence son propos, sachant à quel point il peut être récupéré politiquement par le Front national dans une région où le parti d'extrême droite s'affichait en tête au premier tour de l'élection présidentielle 2017 avec 27,86 % des voix pour Marine Le Pen contre 23,83 % pour Jean-Luc Mélenchon et 22,25 % pour Emmanuel Macron. *« À Boulogne-sur-Mer et au*

Chemin Vert, il y a aussi des jeunes couples amoureux malgré leurs conditions de vie difficiles. Il y a des adolescents qui arrivent à s'échapper pour poursuivre des études loin d'ici », mais toujours, en parallèle, perdure la réalité de ces nombreux enfants déscolarisés, sans horizon, qui n'iront jamais jouer à la mer, pourtant à moins de deux kilomètres de chez eux…

Chapitre 8

Western sur les mers

Début septembre, la rentrée a sonné. Et Christophe, patron pêcheur, fait, lui, une dernière sortie. Il vient de quitter le chenal, il apercevra bientôt ses chères falaises du cap Gris-Nez. Un repère pour tous les marins du monde. Son bateau, le Saint-Thomas, n'aura bientôt plus de permis de navigation. Des dettes, des réparations à faire, un divorce sur le dos, il doit jeter l'éponge. Pas de gaieté de cœur. Ce jeune pêcheur de trente-huit ans a même plutôt du mal à l'admettre. Hier, quand il relisait toute cette paperasse administrative qui condamne son instrument de travail, c'était comme si un hameçon lui déchirait la poitrine. Après l'avoir défendu dans son divorce, Fabienne Roy-Nansion le soutient dans cette nouvelle épreuve. Tailleur sombre, hauts talons noirs vernis, le téléphone vissé à l'oreille, l'avocate attend de pied ferme l'arrivée de son client pêcheur sur le quai brumeux de Boulogne-sur-Mer. À son retour au port, elle lui dira quelques mots simples pour le réconforter, lui signifier qu'elle est à ses côtés.

« Christophe est un jeune patron très courageux dont la réputation n'est plus à faire. » Sur le port, il est, en effet, celui qui sort par les plus mauvais temps et en revient toujours indemne. C'est du moins ce que dit la légende. « Vingt ans que je suis sur l'eau, et une seule fois j'ai dû faire demi-tour tellement les vagues étaient grosses. J'avais sous-estimé la force de la tempête. J'ai même dû stopper le pilote automatique et reprendre la barre. Ça m'a pris au moins trois heures, de rentrer au port. Même mon ancien chef m'a dit au retour que je n'aurais pas dû y aller, que c'était trop dangereux », conclut-il, le regard aussi paisible qu'une mer d'huile. Tous les marins ont les yeux bleus. Le solide gaillard ne déroge pas à la règle. « Je ne sais pas si on a le droit d'avoir peur quand on est patron de pêche », murmure-t-il, comme s'il s'interrogeait lui-même. À chaque sortie en mer, il se sent porté par les vagues. Il ne les craint pas : son premier patron lui a transmis cette confiance. Il lui a appris à voguer dans les pires tempêtes des eaux du Nord à bord de son fileyeur. Ses origines ont fait le reste : « Je suis issu d'une famille de pêcheurs d'Audresselles », décline-t-il comme une carte identité locale. Audresselles, ce village à une dizaine de kilomètres au nord de Boulogne, a vu naître des lignées de gens de la mer. De nombreuses petites bâtisses de pêcheurs, de basses longères aux murs blancs et volets bleus, témoignent de ce passé dans le

centre-bourg. *« Aujourd'hui, la plupart de ces bicoques ont été rachetées par des Belges et des Anglais. J'aime beaucoup cet endroit. »* Sur le rond-point à l'entrée d'Audresselles, trône un vieux flobart. Ces canots de pêche à fond creux, qui peuvent flotter par seulement trente centimètres d'eau, servaient à ramasser crabes et homards. Ils ont fait les belles heures de la petite pêche sur la côte d'Opale, de Berck à Calais. Le 15 août, devant fidèles et touristes, le curé d'Audresselles bénit toujours les petites barques en les recommandant à la Vierge Marie : « Sainte-Marie, mère de Dieu, priez pour nous, pauvres pécheurs, maintenant et à l'heure de notre mort. Amen. »

« Aujourd'hui, c'est fini tout ça. Les flobarts ne servent plus qu'à la plaisance », raconte Christophe. Lui, c'est à bord d'un fileyeur en polyester d'à peine quinze mètres qu'il a tout affronté. Huit ans déjà qu'il navigue dessus. À l'époque, le jeune pêcheur à l'avenir radieux l'a acheté 300 000 euros. Une belle somme pour laquelle il a réussi à obtenir un prêt au Crédit maritime. Les prix de l'occasion sont alors à leur apogée. Mais quatre ans plus tard, tout dégringole. Le *Saint-Thomas* ne vaut plus que 200 000 euros : ce qui lui reste à rembourser… Tout n'est allé qu'en s'aggravant. Le *Saint-Thomas* vieillissant – trente-cinq ans de service au compteur – s'essouffle, s'abîme. Pour assurer sa stabilité, les autorités maritimes imposent des réparations. Le marin pêcheur continue de taper les vagues – il faut bien manger – et tente d'obtenir plusieurs dérogations. Il est même en colère, car il a découvert que ces problèmes sont antérieurs à son achat et auraient dus être régularisés par l'ancien propriétaire. Et ce n'est pas tout.

En 2016 et 2017, Christophe accuse encore plus le coup financièrement : son volume de pêche baisse considérablement, le poisson n'est plus là. Son chiffre d'affaires chute aussi, tombant sous le seuil de rentabilité… Il est plus que temps de vendre son bateau. Ou du moins d'essayer : 160 000 euros pour le *Saint-Thomas*, c'est le prix qu'il fait circuler sur les quais boulonnais. « J'aurais pu m'en sortir à ce moment-là, car j'avais un acheteur. Mais il s'est finalement rétracté. » La menace plane toujours sur la fin de son permis de navigation. Un des deux moteurs à propulsion arrive en bout de course. « Il me fallait plus d'un million pour tout refaire à neuf, alors qu'un bateau neuf, ça vaut 800 000 euros. » Les experts ne lui accordent plus qu'une somme de 100 000 euros pour la coque du *Saint-Thomas* dont la décote n'ira qu'en augmentant. Sa femme, dont il divorce, réclame alors la moitié du prix de l'embarcation. Pour Christophe, c'est le trou noir, se souvient son avocate. *« Il n'avait plus d'autre issue que de laisser son navire partir dans un plan de "sortie de flotte". Autrement dit, envoyer son bateau à la casse… »*

Pour ce pan de vie broyé en mille morceaux, le jeune armateur récupère une indemnisation de 165 000 euros. C'est mieux que rien. Le *Saint-Thomas* sera bientôt démantelé à Gand, en Belgique. Christophe l'accompagne jusqu'au bout de ce dernier voyage. « Pendant quatre mois, mon bateau était à quai dans le port sans que je puisse rien faire. Je n'avais plus le droit de naviguer avec depuis septembre. Je voyais mon crédit qui continuait de filer. C'est presque un soulagement, la fin de toute cette angoisse qui m'a miné pendant plusieurs mois… »

Dans les trois ports de la côte d'Opale – Boulogne, Calais, Dunkerque –, c'est l'hécatombe des petits bateaux. Le *Saint-Thomas* est le septième fileyeur à avoir sombré en quelques mois. Il en reste à ce jour moins d'une cinquantaine sur ce littoral. Le poisson n'est plus là, les faillites s'enchaînent chez les patrons pêcheurs. Avant, il n'y avait qu'à s'éloigner un peu du port pour remplir ses filets. Aujourd'hui, il faut aller de plus en plus loin pour ramener une pêche. « Il y a quatre ans, on vivait encore bien. Aujourd'hui, c'est devenu trop dur ! » lance Christophe.

Les quotas, apparus dès les années 1980, ont été un premier coup dur pour les pêcheurs. Ces taux de capture attribués par pays devaient éviter la surpêche. Mais ces mesures se sont révélées inutiles : « Il n'y a tellement plus de poisson que l'on n'arrive même pas à les atteindre, nos quotas, aujourd'hui… » Puis, il y a une dizaine d'années, les chalutiers hollandais sont arrivés avec leur pêche à la senne. « C'est une technique qui permet d'avoir du poisson, plus beau, donc vendu plus cher. Elle permet de pêcher beaucoup plus de poisson, alors beaucoup de chaluts s'y sont mis en France aussi. » Enfin, depuis trois ans, plane une ombre supplémentaire : la pêche électrique. Cette technique, qui électrise les poissons pour les faire remonter dans les filets, purge les océans à la vitesse grand V. Les champions de cette pêche ? Les Hollandais, encore… « Leurs gros chalutiers qui envoient des électrodes dans les fonds marins sont incroyablement efficaces. Ils passent leur temps chez nous, au sud de la mer du Nord. »

Christophe raconte aussi les animaux marins blessés, brûlés à cause de décharges trop violentes, la colonne vertébrale fracturée des grands poissons comme les cabillauds. « Certains poissons sont tellement abîmés qu'ils ne sont pas vendables en l'état, alors ils partent pour la fabrication des farines. » Selon les Boulonnais, ces secousses électriques détruisent les fonds marins y compris les œufs, les alevins, les couteaux, et empêchent le renouvellement de cette faune. Les Néerlandais défendent, eux, au contraire, une pêche moderne qui permet d'augmenter considérablement les prises et de diminuer la consommation de carburant.

Le 16 janvier 2018, les députés européens ont voté l'interdiction de la pêche électrique. La France et le Royaume-Uni ne la pratiquent plus « mais les pêcheurs hollandais, eux, font comme s'ils n'avaient rien entendu », affirment les Boulonnais. L'ONG Bloom fondée par la documentariste Claire Nouvian, devenue militante écologiste, est à leurs côtés dans ce combat. *« La Commission européenne a discrètement introduit une exception en mer du Nord : l'usage de l'électricité a été autorisé pour 5 % des flottes de chalutiers à perche de chaque État. Seuls les Pays-Bas utilisent cet agrément, ils ont même touché de l'argent public pour convertir leur flotte à l'électrique ! Cela illustre la corruption morale dramatique qui règne à Bruxelles ; les parlementaires travaillent main dans la main avec les industriels et encouragent une méthode dévastatrice. Qui détruit les emplois des petits pêcheurs de la zone, y compris à Boulogne, Dunkerque ou Calais. Certains ont vu leurs prises baisser de 70 % entre 2014 et 2018 »*[1], assène Claire Nouvian. En octobre 2017, l'association Bloom portait plainte contre les Pays-Bas pour non-respect de la législation avec 84 navires équipés de filets électrisés au lieu de 15 autorisés. Christophe confirme : « 80 % de leurs chalutiers pratiquent la pêche électrique ! Ajoutés à cela, les prises des chalutiers à la senne et l'on n'a plus rien dans nos eaux du Nord… »

1. *Télérama* n° 3576, 25 juillet 2018.

L'Onu alerte : il n'y aura plus de poisson en 2050 si l'on ne réagit pas.

« Alors parfois, avec l'épuisement, la dureté du métier et les poissons qui ne sont plus là, les esprits s'échauffent en pleine mer », confie Fabienne Roy-Nansion. La toute dernière sortie en mer de Christophe aurait encore pu mal tourner : « Les zones de pêche sont tellement suroccupées que, la semaine dernière, mes casiers se sont retrouvés entremêlés avec ceux d'un bateau anglais. Il faut pouvoir s'entendre dans ces situations délicates, mais ce n'est pas toujours le cas. Cette fois, le pêcheur anglais, un vieux de la vieille, est venu avec un interprète au port de Boulogne et nous avons pu nous expliquer et définir nos carrés respectifs pour poser nos casiers. » Entre bateaux étrangers qui viennent chasser sur les mêmes eaux, il y a souvent des engueulades, des tentatives d'intimidation, des caillassages. « En mer, c'est la loi du plus fort. Certaines fois, on entend des coups de feu et là, on sait que ça chauffe entre deux bateaux. Certains pêcheurs tirent en l'air ou visent les phares des bateaux pour faire peur aux autres, les faire partir de leur zone de pêche », raconte Christophe.

Nombreux sont les pêcheurs qui naviguent désormais « équipés », en Manche ou en mer du Nord, autrement dit avec une arme à bord. Certains sont des chasseurs à terre, d'autres s'adonnent au ball-trap ; les fusils sont très souvent à portée de main. Un vrai western des mers se joue dans les eaux européennes, à quelques miles nautiques seulement de la côte d'Opale. « Souvent quand je laisse mes casiers, je pars le ventre noué et je prie le Bon Dieu pour qu'ils soient encore là le lendemain. Les chalutiers ne regardent rien et détruisent tout notre matériel, casiers ou filets, sur leur passage. Une fois, des matelots m'ont appelé pour me dire qu'un chalutier était rentré dans notre zone de pêche. Ils l'avaient vu sur les cartes en temps réél du trafic maritime. Je savais qu'il ferait des dégâts. Le lendemain, en mer, on a trouvé nos filets détruits sur plus de 1 500 mètres. Un désastre. On démarrait la saison de la sole, nos filets étaient tout neufs, j'avais vraiment la rage ! »

Fin août, au large de la baie de Seine, en Normandie, un règlement de comptes en bande organisée a eu lieu entre Anglais et Normands, et il y a eu de la casse. Les pêcheurs français furieux accusent les Britanniques de venir « piller » les gisements de coquilles Saint-Jacques avant le 1er octobre, date officielle française de reprise de la pêche. Le Royaume-Uni, lui, n'a pas de calendrier réglementé en la matière. « Ils commencent à travailler un mois avant nous et ils nous laissent des miettes », clament les Normands. La tension est ancienne, mais l'altercation a été plus violente encore cette année. Insultes, jets de pierre et d'objets métalliques, fusées de détresse lancées en direction des équipages britanniques, collisions directes entre bateaux… Journaux anglais et réseaux sociaux ont lancé le mot « guerre »,la « *scallop war* » : la guerre de la coquille Saint-Jacques. Arrivés au petit matin après leur pêche, les Normands n'y sont pas allés de main morte, mais les Anglais ont tenté de riposter avant de s'éloigner. Bilan de l'altercation : pas de blessé, mais trois petits bateaux français avec des trous dans la coque, dont un a même failli couler. Une bataille navale entre bateaux britanniques en ferraille, longs de 40 mètres, et embarcations normandes en bois et en plastique de 15 mètres. Le pot de fer contre le pot de terre, une pêche industrielle contre une pêche artisanale et familiale. « Je connais bien un des bateaux normands qui a été bien endommagé, car c'était justement un ancien navire de Boulogne racheté depuis par un jeune pêcheur. Cette confrontation n'a rien d'étonnant, nous sommes tous à cran… Et encore, en Bretagne et en Normandie, la pêche va un peu mieux qu'ici parce que nous, nos eaux du Nord, nous nous les partageons avec les Anglais et les Hollandais, et ça fait du monde ! C'est pour ça que le vivier s'épuise encore plus vite ici », regrette Christophe.

Si les petits pêcheurs boulonnais se voient aussi comme les derniers artisans d'une pêche durable, leur activité n'a plus rien aujourd'hui à envier aux métiers industriels les plus durs. Les conditions sont tellement difficiles que leur rythme de travail est devenu délirant. Les fileyeurs quittent le port chaque jour au plus tard à 2 heures du matin. Et c'est parti pour dix heures en mer, calme ou déchaînée… Désormais, il faut aller loin pour trouver du poisson, donc compter trois bonnes heures de trajet. Pour ramener très souvent une pêche décevante. Il y a encore quelques champions, comme Christophe les appelle, qui se débrouillent pour aller encore plus loin malgré la petite taille de leurs embarcations, en prenant tous les risques : « Ils vont jusque dans des eaux qui nous sont interdites, plus au sud, dans la Manche, à 20 miles nautiques d'ici, pour espérer ramasser plus de poisson… Ils font des allers-retours de huit heures pour y accéder. » De toute façon, des risques, ils en prennent tous. Bien obligés. « Quand c'est la saison de la sole, autour du mois de mars, on force la cadence pour sortir à tout prix. On regarde la météo tous les soirs avec un peu d'anxiété. À ce moment-là, on sort vraiment par tous les temps. On rentre pour à peine deux heures par jour au port et on repart. Bien sûr, pas question de rentrer chez nous avec si peu de temps à quai, alors on dort dans le bateau. »

Malgré toutes ces difficultés, Boulogne-sur-Mer reste le premier port de pêche français dont le cœur continue de vibrer à Capécure. Tous les jours, ce quartier du port s'agite parmi les grues, dockers et camions parés à transporter le poisson. Une cité industrielle dont les immenses allées vivent depuis l'après-guerre au rythme de la pêche et de la transformation du poisson. « Avant, dans le coin, énormément de gens travaillaient à Capécure. On disait : "Là-bas, tu vas aller travailler au pichon (poisson) !" Si tu en avais marre de ton patron, tu pouvais claquer la porte et passer chez le voisin. Quand j'avais vingt ans – il y a trente ans –, mes copains du Portel qui partaient en mer avaient de l'argent. Mais cette grande époque de la pêche ne reviendra plus, c'est terminé ici », raconte Bruno Margollé, originaire d'Outreau et figure boulonnaise avec son groupe de musique Père & Fils. Même si ce n'est plus le rythme de la grande époque dans ces entrepôts historiques, où beaucoup d'usines ont fermé, 380 000 tonnes de poissons transitent encore chaque année par les mains des mareyeurs boulonnais. Une plateforme deux fois plus importante que celle de Rungis. C'est là que l'entreprise Findus produit la quasi-totalité de son poisson pané. Avec son vacarme de caisses de poissons chargées et déchargées, ses goélands aux cris perçants et son ballet de camions, Capécure, c'est le « village » des pêcheurs boulonnais.

L'avocate connaît bien la cité du poisson, car elle y défend régulièrement des clients. Tout dernièrement, c'est pour une histoire rocambolesque de vol aggravé de saumon qu'elle a dû intervenir. Une affaire qui a ébranlé le petit monde de la marée. *« Je portais les intérêts de la société de transformation de poissons Frais Embal qui s'est fait subtiliser plusieurs tonnes de saumon frais, conditionné en caisse, par cinq de ses salariés. Ils dérobaient les poissons à leur propre entreprise, les cachaient dans un entrepôt de Capécure puis les revendaient sous le manteau, à des sociétés concurrentes. Un bon moyen d'arrondir leurs fins de mois… Cette escroquerie s'est étalée sur deux années ! »*

Il a fallu près de sept heures d'audience au tribunal pour démêler les fils de cette affaire dont le préjudice atteignait le million d'euros. *« On a mené l'enquête, suivi les camions, la marchandise détournée… La culpabilité des cinq ex-salariés ne faisait aucun doute. Et leurs explications à l'audience étaient d'ailleurs assez pathétiques. »* Les cinq repartiront avec des peines de prison avec sursis.

Pour mieux comprendre comment de tels trafics pouvaient s'organiser, Fabienne Roy-Nansion a passé du temps dans les conserveries locales, à observer de près les savants gestes du désarêtage ou du filetage qu'exécutent les ouvriers de marée sur les poissons : *« Pour être en phase avec mes clients, pertinente dans leur défense, il me fallait connaître la chaîne de transformation d'un bout à l'autre. Capécure est réellement un monde à part qui conditionne depuis des décennies la vie de nombreuses familles boulonnaises. »* Poumon central de Capécure, le Châtillon est la mythique et bruyante brasserie ouverte dès 4 heures du matin. *« Au comptoir, toutes les classes sociales du monde maritime se mélangent : des ouvriers de marée, des chefs de grosses conserveries et des pêcheurs coincés à quai à cause des tempêtes. »*

Aujourd'hui, les clients friands de poisson frais arrivent déjà pour déjeuner. Devant son petit café serré posé sur le zinc, Christophe, notre pêcheur, trépigne d'impatience. Voilà un mois qu'il est bloqué au port. Il n'a plus de bateau mais a retrouvé du travail. Ce n'était pas gagné : avec sa sortie de flotte, il n'a plus le droit de racheter de bateau avant cinq ans. Il fallait donc remiser ses rêves dans l'immédiat et redevenir patron pêcheur sur le bateau d'un autre. Celui qui navigue la nuit quand les matelots dorment encore dans les couchettes, celui qui donne le rythme des opérations, à bord mais aussi à quai. Une lourde responsabilité qu'il aime plus que tout. « Je n'ai pas honte de le dire mais, après huit ans comme armateur et patron, je ne me voyais pas redevenir simple matelot. Et puis, c'est un poste beaucoup trop physique », confie-t-il.

Malgré sa « faillite », il avait bonne presse dans le coin. À peine son bateau mis à sec, il a obtenu deux offres intéressantes. « Un armateur m'a appelé pour reprendre un bateau à moules à Dunkerque, et puis un autre que je connaissais ici m'a fait une offre. » Il a choisi d'embarquer sur le *Don Lubi II*, le navire d'un armateur bien connu au port de Boulogne-sur-Mer, Stéphane Pinto. Ce fils de fileyeur sur flobart, très impliqué dans le combat contre la pêche électrique, est le porte-voix des pêcheurs boulonnais. Fin janvier, il était en tête de l'opération de blocage sur le port de Boulogne, devant la gare de marée, où les pêcheurs faisaient brûler des pneus pour empêcher le passage de routiers. « On est au bout du bout », répétait alors Stéphane Pinto.

Après des années de pêche au large, l'armateur se voit, en 2016, interdit de navigation à la suite d'un accident vasculaire cérébral intervenu en pleine mer : « J'ai failli y passer. Sous le coup de l'AVC, je suis tombé dans le bateau et je me suis ouvert la tête. C'est pour ça, ma balafre sur le front. Mes gars ont eu très peur. » Il voit l'arrivée du jeune Christophe comme une bonne chose pour l'avenir de son bateau. Il en a profité pour faire quelques travaux sur le *Don Lubi II* et installer des casiers flambants neufs au cordage turquoise pour bientôt pêcher tourteaux et homards puisqu'il n'y a plus de sole. Mais pour l'instant, il faut attendre que le bateau soit prêt à reprendre la mer.

Non loin du Châtillon, Christophe file maintenant sur le quai Gambetta. Emmitouflé dans son blouson, il observe à travers les nuages bas du jour le balai des fileyeurs qu'il connaît tous par cœur. « Tiens, ça c'est le *Saint-Jules*. Il arrive tôt, j'espère pour eux qu'ils ont bien bossé », commente-t-il à voix haute. Derrière lui, les quatre célèbres buildings dessinés par l'architecte

Pierre Vivien, orientés en oblique en direction du chenal, semblent aussi guetter les arrivées de bateaux. Les goélands sont eux aussi à leurs postes de surveillance. Entre 12 et 13 heures, tout le monde doit être rentré de sa marée. Les pêcheurs déchargent alors au plus vite les caisses de crabes, de homards et de poissons, et les entassent sur le ponton. Une grue monte ensuite la cargaison du jour sur le quai. Puis direction le camion de l'armateur qui vendra la pêche à des acheteurs de Capécure, quelques rues plus loin. Quelques caisses restent sur le quai Gambetta. Elles seront pour les aubettes, juste à côté, des cabanes de pêcheurs qui vendent sur leurs étals la pêche du jour, directement du bateau au consommateur.

Fabienne Roy-Nansion fait partie des habitués qui s'y pressent durant la matinée. *« C'est un endroit haut en couleur, un lieu incontournable à Boulogne, sourit-elle. Très souvent, ce sont les épouses des pêcheurs qui tiennent ces petites aubettes bleutées. C'est la vie des femmes de marin de vendre ce que les hommes remontent de la mer. »*

Chaque matin, tout ce petit monde s'agite sur le quai Gambetta sous le regard bienveillant des statues des deux géants boulonnais, Batisse et Zabelle : un marin-pêcheur et son épouse à la coiffe de dentelle en forme de soleil sont les emblèmes de la ville maritime depuis 1923. Preuve, s'il en fallait, que la pêche rythme la vie de la cité d'Opale depuis des décennies, et signe de son omniprésence dans l'imaginaire populaire. Si Batisse porte une simple vareuse de pêcheur, une casquette et un filet sur l'épaule, Zabelle, elle, exhibe une parure typiquement boulonnaise avec dorlots (boucles d'oreille), chaîne et croix en or, bagues et broche. Des bijoux, dont certains comportent des symboles maritimes, que les maris traditionnellement offraient à leur épouse. Un signe de richesse aussi.

L'avocate a assisté à la transformation de ce quartier et à la dégradation du niveau de vie des gens de la mer. « *Il y a trente ans, quand j'ai commencé mon métier à Boulogne-sur-Mer, les patrons de pêche, et même les marins pêcheurs, vivaient confortablement. Certains possédaient des petites fortunes et avaient investi dans trois ou quatre appartements en ville. Ce n'est plus du tout le cas aujourd'hui.* » Les mains sur les hanches, la géante femme de pêcheur n'a toutefois pas l'air très commode. « *Zabelle et Batisse sont les personnages principaux des revues patoisantes. On y voit Batisse avec ses copains, des matelots qui rigolent et qui picolent. Zabelle, c'est la matelote boulonnaise, la maîtresse femme, celle qui gère le ménage. Ces caricatures mettent en relief le quotidien des pêcheurs, ces hommes très courageux pour qui la femme est le pilier dont ils ont besoin à terre, car ils n'y passent que peu de temps. Et si ces hommes ont des caractères bien trempés, en général, chez eux, ils ne font pas la loi…* »

L'avocate se souvient tout particulièrement d'un de ses clients pêcheurs d'il y a une dizaine d'années. *« Patrick était un Étaplois (habitant d'Étaples). De ces gens de mer au caractère bien trempé, comme au Portel. La femme de Patrick, maniaque, l'obligeait à rentrer chez lui en patins, mais surtout, après des heures ou des jours de mer, il n'avait nulle part où s'asseoir dans son salon ou ailleurs. Son épouse avait une collection de poupées qui ne cessait de grandir et envahissait la maison. Résultat, après la pêche, Patrick rentrait chez lui et en ressortait aussi sec. Il voulait divorcer, mais la procédure a pris beaucoup de temps car sa femme lui mettait des bâtons dans les roues. Entre-temps, il a rencontré un nouvel amour et semblait plus heureux. Le divorce a fini par être prononcé. Mais le lendemain, Patrick, parti en mer comme tous les jours, est accidentellement heurté en pleine tête par un élément du bateau. Il en est mort. Son ex-femme a aussitôt chassé sa rivale, récupéré les biens de son mari, notamment son bateau, et l'a enterré où elle le souhaitait... Quelque temps après, j'ai découvert la photo de Patrick parmi celles de pêcheurs, sur des affiches publicitaires pour le nouveau musée de la Marine à Étaples. J'ai été contente de le revoir chaque fois que je croisais une de ces affiches. Cet homme, sa vie, son univers m'ont beaucoup impressionnée. »*

Christophe, pour sa part, a failli finir sur la paille après son divorce. Dans le jugement de son procès, une amie de son ex-épouse témoigne de la dureté de cette vie de femme de patron pêcheur : « C'est une vie de sacrifice où la femme tient une place importante. Elle a le rôle de femme au foyer, de secrétaire et de gérante, du fait que nos hommes sont rarement présents. Et lorsqu'ils sont là, ils sont trop fatigués pour aider aux tâches du quotidien ou aux papiers de l'entreprise. » Sans compter l'angoisse de voir chaque nuit son compagnon partir sur sa coquille de noix affronter les tempêtes du Nord. Et l'avocate boulonnaise peut aussi en témoigner : *« Les femmes d'ici sont comme la mer, attirantes et dangereuses, nourricières mais capables de se déchaîner sous la tempête. Elles ont l'image de leur mère en tête : des femmes habituées à se débrouiller seules, par la force des choses, dans toutes les situations de la vie. Quoi qu'il arrive, elles font face, restent dignes, défendent leur famille, leur territoire. C'est inscrit dans leurs gènes. Les femmes de mineurs que j'ai connues plus jeune ne sont pas différentes : la dureté de leur environnement les a façonnées. Les hommes sont à la mer ou sous la terre, ils gagnent le pain. Elles, elles ont les pieds sur terre, c'est leur responsabilité. À chacun son rôle… »*

À Boulogne-sur-Mer, le calvaire des marins trône sur une des falaises de la ville, les tours défavorisées du Chemin Vert à ses pieds, et veille sur la mémoire des disparus en mer. Un petit fileyeur comme celui de Christophe fait vivre aujourd'hui quatre à cinq familles avec des salaires décents, et c'est ainsi depuis des décennies. « Mais pour combien de temps ? » s'interrogent avec angoisse les petits pêcheurs boulonnais. Les aléas d'une économie fragile, des ressources naturelles qui s'épuisent, peuvent mettre à mal cet équilibre. Des fortunes de mer que les jeunes n'ignorent pas pour un métier devenu tellement dur qu'il les attire de moins en moins.

Dans les ports du Boulonnais, ce sont des lignées de fileyeurs qui s'éteignent. Mais l'espoir subsiste. *« À mon cabinet, je vois passer beaucoup d'adolescents forte tête, turbulents, qui font des bêtises et à qui les parents demandent inquiets : "Mais qu'est-ce que tu vas devenir ?" Et j'en entends beaucoup répondre : "Je m'en fiche moi de l'école, de toute façon, je veux faire l'école des mousses !" L'appel de la mer reste malgré tout très ancré dans notre ville qui respire au gré des marées. »* La mer qui nourrit, qui tue aussi, continue d'attirer. Christophe raconte que son fils de quinze ans veut aller, lui aussi, en mer. « M'enfin, pour l'instant, il a même peur d'un petit poisson, alors je ne sais pas… » ricane le paternel pêcheur.

Chapitre 9

Le violeur du port

Dans le cabinet, entre ce jour-là une belle jeune fille brune aux yeux bleu pâle. Fabienne Roy-Nansion ne la reconnaît pas tout de suite. Et pourtant, sa présence ne doit rien au hasard : l'avocate a défendu sa mère dans son divorce d'avec son père. À l'époque, Lydie était une adolescente prise dans une bien triste affaire de famille. Dès son plus jeune âge, elle a vécu l'enfer avec son père, un alcoolique, violent avec sa femme, très dur avec ses enfants. Ils vivaient tous dans la terreur… Cela fait tout drôle de découvrir la petite ainsi grandie.

« Je crois que j'ai inconsciemment effacé les souvenirs de toute cette période passée. Mon père, je le considère comme mort aujourd'hui. Il ne fait plus partie de ma vie depuis le divorce de mes parents. Mais avant ça, nous en avions une peur bleue. Il disait sans cesse qu'il ne nous aimait pas et que nous n'étions pas de lui. Mais, malheureusement, si… Quand j'avais huit ans, un jour, il a voulu tous nous tuer. Il était comme fou. Il nous avait enfermés dans l'appartement et se déchaînait sur ma mère. Ce jour-là, mon frère a sauté de notre septième étage pour aller chercher de l'aide. Il s'en est miraculeusement sorti avec une déchirure de la plèvre... Malgré cet épisode, ma mère est retournée avec mon père », se remémore la jeune femme. Ce n'est que des années plus tard que les enfants parviendront à faire divorcer leurs parents, pour prévenir un drame. Mais aujourd'hui c'est la jeune fille qui a besoin d'un avocat. « Maître, c'était une évidence de revenir vous voir parce que je viens de vivre quelque chose de grave. Il va falloir que vous soyez à mes côtés. »

Depuis le début de l'été 2005, une rumeur bruisse dans l'agglomération boulonnaise. Un violeur aurait agressé et violé plusieurs adolescentes et jeunes femmes sur la voie publique. Ce n'est pas la première fois que de tels bruits traversent la ville de bord de mer qui a eu son quota de détraqués sexuels. L'histoire se précise : à chaque agression, l'auteur des méfaits suivrait le même mode opératoire. Cagoulé, il menacerait ses victimes à l'aide d'une arme de poing et, fait incongru, s'emparerait également de leur soutien-gorge. Rien pourtant ne paraît dans la presse locale. Alors, délire populaire ? Il n'empêche que ceux qui entendent l'histoire en ont froid dans le dos et redoutent de laisser leurs filles déambuler dans les rues. Mais c'est la saison estivale, les bars et les boîtes de nuit font le plein. Et puis, ce « violeur du port » n'est peut-être qu'une énième rumeur…

Au petit matin du 13 août, Lydie et Sophie sortent de la discothèque Le Pharaon, rue du Vivier, non loin du quai Gambetta et du port. Lydie a alors vingt-neuf ans, elle travaille depuis huit ans déjà dans l'usine d'une société de téléphonie où elle doit trier, assembler des pièces toute la journée. La jeune femme n'a pas l'intention de « moisir là » toute sa vie. Cette soirée d'été, les deux amies ont beaucoup dansé, elles ont chaud : la petite marche du retour dans la nuit boulonnaise, toujours fraîche et humide, leur fera le plus grand bien. Lydie habite à cinq minutes à pied de la boîte, mais elle fait un crochet pour raccompagner sa jeune amie de dix-sept ans qui réside un peu plus loin. Leurs rires d'après-fête résonnent dans les rues désertes de la ville endormie. Il est près de 5 heures du matin. À un croisement, peu avant d'arriver chez Sophie, les filles entendent un toussotement. Elles font une brève pause. « Le bruit semblait venir d'un coin sombre un peu plus loin. On n'a pas trop voulu chercher à comprendre ce que c'était », raconte Lydie. Elles continuent leur route. De toute façon, dans moins d'une minute, elles seront chez Sophie. Elles aperçoivent déjà les fenêtres de son appartement. Quelques secondes plus tard, des bruits de pas accélérés claquent derrière elles. Sous l'effet de la surprise, les deux amies se retournent. Un homme cagoulé se tient à quelques mètres d'elles. Il pointe une arme à feu dans leur direction, Sophie et Lydie s'arrêtent net.

« Je lui ai demandé d'emblée s'il voulait de l'argent. Il m'a répondu que oui. Je lui ai aussitôt dit que je n'en avais pas sur moi. » En fait, il avait une tout autre idée en tête. Toujours sous la menace de l'arme, il fait avancer les deux filles vers un endroit qu'il leur désigne, entre deux voitures stationnées. Il leur demande de s'accroupir. « J'ai refusé, explique Lydie. Je voulais éviter d'adopter cette position de faiblesse face à lui, car je savais qu'à partir de là il nous dominerait. » L'agresseur répète son ordre. Puis exige leur soutien-gorge. Lydie refuse encore. « Alors, il a ouvert son arme pour me montrer que le barillet était chargé et il a dit : "Ce sont de vraies balles." Mais en vrai, je le sentais plutôt peu sûr de lui, poursuit Lydie. Je lui demande sa parole : si on lui donne nos soutiens-gorge, il nous laisse tranquilles. J'insiste : "Tu sais ce que c'est, une parole d'homme ?" Il promet. On enlève nos soutiens-gorge sans se déshabiller, il a l'air déçu. »

L'homme attrape les dessous féminins et les renifle longuement devant elles. Il prend visiblement beaucoup de plaisir à ça. Mais il en veut plus. Il exige à présent qu'elles enlèvent leur tee-shirt. Elles refusent. Il commence à s'énerver sérieusement, Lydie sent que la tension monte. Il pointe son arme en direction de Sophie en répétant son ordre. « J'ai dit à mon amie d'obéir, car j'ai eu peur que la situation dégénère. Il avait quand même son arme pointée sur elle ! » La jeune Sophie, terrorisée et en pleurs, s'exécute. L'homme cagoulé s'approche d'elle et tend la main vers sa poitrine. « À ce moment-là, pour l'empêcher d'aller plus loin je lui ai sauté dessus. Et ça l'a fait fuir », se souvient Lydie.

L'homme enfin disparu, les deux amies, sonnées, restent un moment assises sur le trottoir en face de chez Sophie. « On se disait : “Mais on a rêvé ou quoi ?” À cet instant, cette scène que l'on venait de vivre me paraissait irréelle… Je suis incapable de dire combien de temps a duré l'agression. Je suis restée dormir chez Sophie cette nuit-là, car elle avait très peur. »

Impossible d'interrompre le récit de Lydie avant la chute. Cependant, comment ne pas s'étonner de son sang-froid ? *« Vous avez eu un comportement incroyable du début à la fin. Mais où avez-vous puisé cette force ? »* La jeune femme sourit faiblement puis répond : « J'ai eu l'impression d'entendre une voix qui me disait : “Ne t'inquiète pas, ce n'est pas ton heure…” Puis j'ai senti quelque chose de sécurisant, de rassurant, flotter tout autour de moi. » Lydie laisse passer un silence puis reprend : « Je crois aux anges, Maître, vous savez, et je pense qu'ils m'ont vraiment aidée ce soir-là. Ce n'est pas de la chance, pas une coïncidence. Ils étaient là pour m'aider. » Elle s'interrompt de nouveau pour reprendre : « Et il y a encore autre chose qui m'a portée, à l'intérieur de moi. Je suis homosexuelle. On sortait d'ailleurs d'une soirée "homo" au Pharaon cette nuit-là, et rien que d'imaginer me faire toucher par un homme, cela me rendait malade. D'emblée dans ma tête, c'était très clair, ce type n'obtiendrait rien de moi. Mais je ne savais pas pour autant comment les choses allaient se dérouler. Je me suis dit, je vais peut-être mourir mais il ne me violera pas vivante. Lui faire une fellation, par exemple, c'était inconcevable. Je l'aurais certainement mordu très fort s'il m'y avait obligée. Je peux vous dire qu'il n'aurait plus de sexe aujourd'hui s'il avait tenté… » Peut-être que l'agresseur, sentant la force et la détermination de Lydie, n'a pas osé aller plus loin. D'autres jeunes femmes auront moins de « chance » qu'elle, Lydie l'apprendra plus tard.

« En fait, aussi dingue que cela puisse paraître, je ne me suis pas tout de suite rendu compte de la violence que nous avions subie ce soir-là. Le lendemain, en racontant tout à ma mère, je riais presque. C'est elle qui m'a fait prendre conscience que c'était grave et qu'il fallait aller voir la police », explique Lydie. Au commissariat, en faisant sa déposition, elle comprend à quel point ce qu'elle vient de vivre est terrible. « On me demande de décrire l'homme, d'en faire un portrait-robot. Cela prenait tout à coup une tournure dramatique. Le lendemain de ma déposition, je me suis écroulée et j'ai pris la réalité en pleine tête. » Des policiers, Lydie apprend que l'homme est déjà recherché, qu'il a déjà sévi dans la ville : il a violé une jeune femme un mois plus tôt à Outreau. « Je ne comprenais pas pourquoi ils n'avaient pas lancé un avis de recherche public, alerté la presse. Mais ils m'ont expliqué qu'ils préféraient ne pas traumatiser les habitants. » L'agresseur récidivera sept jours plus tard à Outreau, avec beaucoup plus de violence cette fois. Fin septembre, deux jeunes femmes sont agressées à Boulogne-sur-Mer. Le mode opératoire est similaire. Il ne fait aucun doute qu'il s'agit chaque fois du même homme. Encore faut-il l'attraper !

Après sa déposition, bien qu'ignorant tout des nouveaux méfaits de son agresseur, Lydie le savait libre, risquant encore de sévir dans la cité boulonnaise. « J'avais très peur de le croiser. Je le cherchais dans la rue, je pensais que je le reconnaîtrais si c'était lui. Je ne sortais plus de chez moi après la tombée de la nuit. J'avais peur des rues obscures et de tous les hommes. Le pire, c'était lorsque j'entendais courir derrière moi, je sursautais et cela me mettait en panique. Le bruit de ses pas qui courent, c'est ce que l'on a entendu avant de le voir. Depuis que je sais qu'il est en prison, je vais mieux », avoue-t-elle. L'expertise psychologique de Lydie révèlera une symptomatologie post-traumatique dont *« une phobie sociale, des attitudes d'alerte, des rituels de réassurance et des craintes de représailles de la part de l'agresseur ».* Ce dernier ne sera d'ailleurs identifié qu'une petite année après l'agression de Sophie et Lydie. « Cette année à attendre ce moment m'a paru très longue. Un jour, la police m'appelle pour me dire qu'ils l'ont identifié et qu'il faut que je vienne reconnaître mon soutien-gorge au commissariat... Franchement, j'ai trouvé ça glauque d'y aller pour cette raison. En voyant tous les autres dessous féminins saisis, j'ai compris à quel point il était fétichiste... » Au total, ce sont 23 ensembles de sous-vêtements que la police retrouvera dissimulés dans la cave du violeur. La plupart appartenaient à une de ses anciennes voisines d'Equihen sur laquelle il avouait fantasmer. À l'automne 2005, il avait pénétré chez elle en son absence et lui avait dérobé tout un tas de sous-vêtements.

Depuis, l'homme est enfermé à la prison de Longuenesse dans le Pas-de-Calais. Son procès se tiendra en septembre 2009 à la cour d'assises de la région, à Saint-Omer. Les policiers demandent à Lydie si elle veut porter plainte.

Voilà pourquoi elle est venue voir l'avocate : elle va oser se porter partie civile. « De penser voir le visage de mon agresseur, de devoir prendre la parole au micro devant le président et les jurés, ça me terrorise, mais en même temps je crois que j'ai besoin d'aller au bout de cette histoire », confie-t-elle alors. Accompagner Lydie pendant ces mois qui précèdent le procès, écrire une belle et poignante plaidoirie ne suffiront pas. Son avocate devra aussi la soutenir psychologiquement, la préparer au mieux à ce qu'elle va vivre : affronter la cour d'assises, quatre ans après son agression. D'ici là, Lydie va rencontrer des experts psychologues, c'est la règle : elle va pouvoir se décharger de ce poids une nouvelle fois.

Tout au long de ce chemin, entre la victime et son avocate, un lien de grande confiance s'installe. *« Nous avons refait ensemble le film du procès de nombreuses fois. Il fallait beaucoup la rassurer pour qu'elle trouve la force d'aller à Saint-Omer. Dans cette affaire, je défendais une autre victime du même auteur, encore plus fragilisée : Marine, vingt ans à peine, seize au moment des faits. Se rendant un soir chez un ami à Outreau, elle avait été violée, toujours sous la menace d'une arme à feu. C'était un mois avant l'agression de Lydie. »*

Au procès, Lydie fait face à son agresseur qui comparaît dans le box des accusés. « Quand je l'ai vu, je me suis dit : "C'est ce type ?!" Il était tout blanc, la tête baissée, il ne ressemblait à rien. Il ne faisait pas viril du tout, presque fragile au contraire. Il m'a limite fait pitié. J'ai pensé : "Il avait donc besoin d'une arme pour se sentir un homme"… » À la surprise générale, à la barre, se succèdent des témoins de l'agresseur pour dépeindre un homme bien sous tout rapport, gendre idéal, le copain toujours prêt à rendre service. Quelques semaines plus tôt, Frédéric L., Outrelois de trente-sept ans, tenait la main de son beau-frère mourant à l'hôpital. Même son patron viendra raconter qu'il était un employé modèle, au point qu'il l'avait promu. Ces éloges, l'avocate s'en rappelle encore. *« A la barre, on laissait les témoins faire leur déposition dithyrambique, nous dire qu'il y avait, c'est certain, erreur sur la personne et puis le président finissait chaque fois par leur dire : "Écoutez, j'entends bien ce que vous me dîtes, mais M.L. a avoué les faits qui lui sont reprochés…" Les témoins et son entourage en restaient alors muets de stupéfaction. »*

L'identification du violeur Frédéric L. a été quelque peu rocambolesque : en janvier 2006, ce cuiseur-décongélateur de crustacés à Capécure s'est fait prendre en flagrant délit de vol de crevettes sur son lieu de travail, encore une fois cagoulé et armé. Lors de son arrestation, il a reçu dans le thorax une balle tirée par la police. Il semble s'être jeté tête la première dans le filet, en déclenchant le nouveau système d'alarme dont il avait pourtant connaissance. Une façon de mettre fin à ses agissements, confiera-t-il au procès. Au cours de l'enquête, un recoupement de données entre son ADN et celui prélevé sur certaines victimes permet de le confondre.

La vie de ce fils d'un agent de la SNCF, septième rejeton d'une grande famille de huit enfants, est scrutée dans les moindres détails par les experts psychiatres. Ces derniers concluent qu'il ne présente « pas d'anomalie mentale aliénante ». Ils décrivent tous, par contre, une personnalité immature et névrotique : un homme vu comme plutôt timide, rétracté, secret, manquant de confiance en lui. De même dans la sphère affectivo-sexuelle, ils le décrivent comme un hétérosexuel plutôt inhibé dans le champ relationnel mais ne pouvant résister à des pulsions.

« Selon les experts, il existait chez lui des difficultés sexuelles avec fantasmatique obsédante et quelques fixations fétichistes. Mais surtout, ils le qualifiaient tous de violeur en série. Frédéric L., c'est M. tout-le-monde en apparence qui, la nuit venue, opère une sorte de mutation. Il se transforme en prédateur. Il rôde, il se tapit, il chasse. Il repère sa proie, la suit, attend qu'elle soit suffisamment isolée pour agir. La rue Félix-Adam où se trouvaient Sophie et Lucie est, en effet, peu passante, surtout à cette heure. Le profil de cet agresseur est celui d'un homme qui présente une vitrine sociale. Il est parfaitement intégré, contrairement à la plupart des violeurs souvent marginalisés. Lui au contraire est « supra-intégré », presque trop : mari idéal, père idéal,

fils idéal, voisin et employé modèles. Rongé par ses pulsions, il est enfermé dans l'image qu'il renvoie. Il est en proie à un violent combat intérieur, prisonnier d'une dualité qui le fait beaucoup souffrir. À certains moments, il n'arrive plus à se contenir. Alors, pour soulager sa souffrance, il passe à l'acte tout en se faisant peur à lui-même. Il sort cagoulé et armé, cachant son visage, non seulement pour ne pas être identifié mais aussi pour inspirer la crainte, parce que lui meurt de trouille. Cette peur, il est parvenu à l'inspirer à toutes ses victimes sauf une : Lydie ! Et que se passe-t-il avec elle justement ? Il fuit ! Cela démontre bien que sans la peur qu'il s'emploie à imposer à ses victimes, la sienne reprend le dessus… »

Loin de ces considérations psychologiques, pour expliquer en partie ses crimes, le travailleur de nuit a, lui, évoqué sa consommation d'ecstasy, cette drogue le désinhibant et lui permettant de veiller pour commettre ses agressions. Il ne donnera que peu de réponses éclairantes aux questions qui lui seront posées durant le procès, mais présentera ses excuses aux victimes et à ses proches. En effet, il vivait en couple depuis treize ans et était père de deux enfants. Six mois après son arrestation, le couple a divorcé, mais son ex-femme a malgré tout assisté au procès. « *Ce déballage a dû être horrible pour elle. La pauvre ignorait tout des agissements de son mari. Le pire a été, je trouve, quand on a évoqué son cancer du sein. Elle avait subi une ablation mammaire et un des experts en a parlé comme d'une source de frustration pour son mari violeur, perturbant les relations intimes du couple... J'ai cru rêver !* »

Le procès et les témoignages des autres victimes donnent à Lydie l'impression d'avoir, dans son malheur, été un peu épargnée. Menaces verbales, gifles, pénétrations vaginales, fellations... Les autres femmes ont subi des choses horribles. L'accusé révèle d'ailleurs qu'il aurait pu continuer, voire aller encore plus loin.

Enfin, arrive le moment où l'avocate doit prendre la parole à la barre et évoquer la douloureuse épreuve de Lydie : « *J'ai plaidé l'effraction psychique. Cette effraction dans la vie d'une personne est toujours terrible, car à partir de l'agression, son vécu bascule et plus rien ne sera comme avant. Désormais, sa vie entière, il y aura cette brèche. J'ai également parlé du courage fou de Lydie, la nuit de son agression, au-delà du raisonné. Sa réaction n'était pas intellectualisée, pas construite. Lydie a été une héroïne à son insu !* »

Des victimes de viol, Me Roy-Nansion en a rencontré un certain nombre dans sa carrière. « *Je leur prête ma voix, je parle d'eux, de leur douleur. Je présente leurs larmes. Je suis un passeur d'hommes, de femmes. Je pense profondément que c'est ce que doit être un avocat. Mais malgré les drames que je porte à la barre quand je plaide en partie civile, comme c'était le cas ici, je m'interdis toujours de prononcer un réquisitoire, parce que ce n'est pas mon rôle, parce qu'avant tout je suis avocate. Beaucoup de mes confrères réclament des condamnations, en agitant les bras. Moi, je n'oublie jamais que ma robe est noire, et pas rouge. Je ne marche jamais sur les plates-bandes du ministère public.* »

À Saint-Omer, ce jour-là, l'avocat général requiert dix-huit ans de réclusion criminelle contre Frédéric L.. La sentence du jury sera de quinze années de prison ferme et dix ans de suivi socio-judicaire. Lydie se rappelle nettement ce moment. « Le président du tribunal m'a demandé si j'avais quelque chose à ajouter. Je lui ai répondu que quinze ans de prison ferme, ce n'était pas cher payé pour une dizaine de femme violentées et violées. J'aimerais bien que l'on rétablisse la peine de mort. Sur ce dernier point, le président m'a répondu : "Chacun a le droit d'avoir son avis sur la question, Mademoiselle". » Elle ajoute aujourd'hui : « Lorsque j'ai été agressée, je me suis dit : "Non, toute cette violence, celle que j'ai connue enfant, ça ne va pas recommencer !" C'est peut-être parce que j'avais tellement subi et observé le comportement de mon père que j'ai réussi à dompter ma peur face à mon agresseur, je ne sais pas. » Un père violent et autoritaire qui a sérieusement abîmé sa vision des hommes, voire nourri une haine tenace. À quarante-deux ans, Lydie est aujourd'hui la maman épanouie d'une petite fille de trois ans. « Je ne supporte pas les regards masculins sur elle dans la rue, je la garde tout contre moi. J'ai très peur pour elle, quand elle va grandir, de la menace que représentent les hommes. Je ne veux pas l'inscrire à des cours de danse. Je préfèrerais qu'elle apprenne un sport de combat, pour pouvoir se défendre dans le monde… » explique-t-elle avant de préciser qu'elle essaye cependant de montrer à sa fille des repères masculins bienveillants. Et elle raconte encore qu'elle continue à craindre pour elle-même : « Avec les remises de peine, mon agresseur est évidemment sorti de prison aujourd'hui. J'ai toujours peur qu'il revienne terminer ce que je ne lui ai pas laissé faire ce soir-là… » Une expression déterminée envahit son doux visage. « Mais je l'attends, lui et les autres, avec ma batte de base-ball planquée sous mon lit. J'ai pris cette habitude petite, à cause de mon père. Si ça m'arrive encore et que j'ai la chance de réussir à récupérer l'arme, je pense que, cette fois, je buterai mon agresseur. »

Les procès pour viol sont courants, mais il est rare de croiser des héroïnes comme Lydie. Pour les avocats de la défense, ce sont souvent les mêmes enjeux. *« Lorsque nous assistons une victime, en particulier de faits de viol, la mission de l'avocat est d'avantage d'accompagner que de défendre. Notre travail relève plus de la psychologie que de la technique juridique. C'est en tout cas ainsi que je le conçois. Il faut amener notre client(e) jusqu'au prétoire de la cour d'assises et le (la) porter tout au long du procès. Il m'est arrivé de mettre une heure à convaincre une victime de passer seulement la porte de la salle d'audience, de devoir la porter physiquement…*

La confrontation avec l'agresseur, sa simple vue même, et cette révélation publique de l'intimité infligée, nécessaire aux débats mais très traumatisante, leur sont parfois insupportables. La vraie victoire à l'issue du procès, ça n'est pas de voir un type se faire condamner à dix ou vingt ans de réclusion criminelle. Ça, ça ne m'a jamais fait plaisir. Non, ma seule satisfaction à cet instant, c'est d'entendre la personne que j'ai amenée jusque-là me dire : "Merci, Maître, ça a été très dur, mais je suis content(e), soulagé(e), ça m'a fait du bien finalement, je vais pouvoir reprendre ma vie, continuer mon chemin..." Alors je sors, épuisée mais gonflée à bloc par la conviction d'avoir été utile à quelqu'un. »

Chapitre 10

Les fleurs dans le béton

Trois femmes, trois âges, trois périodes difficiles de leur existence. Trois façons de surmonter les coups du sort et de considérer que, même si la vie est dure, rien n'est définitif et que demain tout peut encore changer, s'améliorer. Elles y croient dur comme fer. Elles ont pris le parti certains jours d'en rire, d'autres fois d'aller puiser tout au fond de leur courage. Trois rencontres qui ont marqué la carrière de Me Roy-Nansion et lui laissent un souvenir très vif. Alors, quand les journées sont un peu trop grises à Boulogne-sur-Mer et que la misère un peu trop noire broie ses clients sans perspectives, l'avocate pense à elles, – Mychèle, Marine ou Marie –, sourit et se remet au travail.

Mychèle

« Bonjour, Monsieur le juge, Je m'appelle Mychèle. Je voudrais vous voir pour vous parler des problèmes de ma mère et de son ex. » Une simple petite phrase écrite au stylo bille et dont certains mots sont penchés comme des vaguelettes sur la grande feuille blanche. L'auteure de ces mots n'a que neuf ans et déjà un petit air décidé derrière ses lunettes épaisses. Elle voudrait bien changer de « binocles » d'ailleurs, elle dessine aussitôt avec son crayon des petits verres ronds pour montrer le modèle qu'elle souhaite. Elle regarde à nouveau la feuille qu'elle destine au juge de la famille. Elle fait une jolie signature, hésite puis ajoute une dernière mention toute spéciale : « <3 Bonjour les avocats ».

Depuis qu'elle a rencontré l'avocate, la petite fille est en admiration devant les robes noires. « C'est le métier que je veux faire plus tard ! » décrète-t-elle ce jour-là en entrant dans le cabinet. Elle pose son cartable par terre, donnant l'impression d'être déjà chez elle. Son papa, qui la couve d'un regard débordant d'amour, lance aussitôt : « Ah bein, avocat, ça, tu verras ma fille mais c'est sûr que tu aurais les capacités pour. » Maître Roy-Nansion, amusée, demande alors à l'enfant : *« Qu'est-ce qui te plaît dans ce métier ? »* Et la petite de répondre en explosant de rire : « Ton fauteuil à roulettes ! C'est la classe ! » Comment ne pas lui céder sa place derrière le bureau pour la laisser s'amuser ? Apercevant le gros téléphone fixe, la gamine décroche et dit : « Oui, ici l'avocate, vous avez quoi comme problème ? Je vous écoute. » Elle a déjà compris l'essentiel du métier. Une femme dans un corps de fillette. C'est l'image qui apparaît quand on l'entend discuter avec autant d'aisance avec les adultes.

Mais si cette dernière est aussi mûre, c'est parce qu'elle a déjà vu beaucoup de choses – beaucoup trop. Dans une déclaration orale retranscrite à l'intention du juge, elle a tout confié de sa vie quelques semaines plus tôt, avec ses mots à elle. La petite fille évoque d'abord son père : « Je vis chez papa, il s'occupe bien de moi, il me donne à manger. Je me promène avec lui. On fait des jeux : la bataille navale, Uno. Des fois, je lui fais des dessins. Le soir, on fait les devoirs ensemble. » Un bonheur simple dont il n'y a finalement pas grand-chose à dire. Cela fait cinq ans que Mychèle vit chez son père à plein temps. José a cinquante-neuf ans, il est agent de sécurité, fils d'une femme de ménage et d'un père maçon ; mais depuis plusieurs années, il est sans emploi. Les parents de Mychèle ont divorcé six ans après leur mariage. Dès cet instant, José a tout fait pour avoir la garde de sa fille. Il raconte les fièvres ou pleurs nocturnes de Mychèle, toute petite, les nuits qu'il a passées sur le canapé, sans pouvoir dormir, à la serrer dans ses bras.

« Et ta maman ? » L'enfant répond du tac au tac « Alors, là ! », en roulant vers le bureau pour y poser ses mains. Dans une pose d'adulte, elle explique : « Ma maman dort jusqu'à midi ou 1 heure. Je suis obligée de la réveiller pour manger. Elle ne

s'occupe pas bien de moi. Souvent, le frigo est vide. Avant, elle n'avait pas de frigidaire. Je lui dis "je t'aime" à ma maman, mais souvent elle dort, elle n'entend pas. Elle cache tous ses médicaments. Elle cache même les bouteilles d'alcool. Elle boit presque toute la bouteille de whisky en une journée. Même avec un petit verre, elle est parfois "bourrée". Je lui dis de s'arrêter, mais elle ne m'écoute pas. » L'enquête sociale décrit « l'instabilité de la maman et sa fragilité psychologique ». Le rapport souligne en particulier « sa dépendance affective, recherchant désespérément l'homme qui lui permettrait de trouver l'équilibre émotionnel dont elle a besoin ». Abandonnée à l'âge de trois ans par sa mère, Catherine a été mariée une première fois pendant douze ans à un mari violent et alcoolique. Par deux fois déjà, elle a essayé de mettre fin à ses jours.

L'autre élément perturbateur pour la fillette, c'est l'ex-compagnon de sa mère, toujours dans les parages. « Le copain de maman lui fout des claques. Ils se disputent beaucoup », raconte-t-elle pudiquement. Le père de Mychèle garde précieusement le journal local où un entrefilet relate une altercation entre les deux amants en novembre 2017 : « Une dame âgée de 50 ans attend les policiers devant son domicile. Elle présente d'importantes lacérations au visage et au crâne. Elle dit avoir reçu plusieurs coups de bouteille que son amant lui aurait administrés. »

Si Mychèle a échappé à cette scène, elle a eu connaissance des faits, que lui a racontés sa mère. La petite fille confie : « Philippe avait un fusil de chasse. Il le cachait sous le lit. Papa a peur qu'il tire sur maman ou sur moi… » Le père de Mychèle confirme : « Je ne vis plus quand ma fille est là-bas. » Une peur partagée par la fillette : « Chaque fois que je vais chez maman, j'ai peur, soit pour elle, soit qu'elle m'ait oubliée. J'ai mal à la tête et au ventre. J'ai tellement peur que j'ai une jambe qui se plie en marchant. Je voudrais revenir pour toujours chez papa et ne plus voir maman. Ça ne me fera pas bizarre, car elle m'appellera. Juste un petit coup de fil, ça me suffira. Je lui dirai des mots doux au téléphone. »

Mychèle s'interrompt. « Attends, regarde ça ! » Elle soulève son pull pour montrer un tee-shirt sérigraphié : « Je suis une pipelette ». La petite fille ajoute : « Pipelette, mais je suis bien élevée, hein ! » Ses neuf ans reviennent tout à coup à l'esprit. Cette enfant oscille constamment entre le grave et le drôle, ne sachant plus très bien sur quel pied danser. *« À son âge, on devrait encore penser à ses poupées et à ses copains-copines. Mychèle, elle, nous raconte qu'elle va devoir prendre soin de son père quand il sera vieux… ».* Le couple père-fille est émouvant. *« Mychèle, c'est la petite merveille de son papa et c'est comme ça depuis le début entre eux. Il est très protecteur vis-à-vis d'elle, mais elle aussi a envers lui une attitude protectrice. »*

Que deviendra cette fillette ? « Mon père, il ne travaille plus depuis longtemps. Maman, elle ne travaille pas non plus », raconte Mychèle qui avoue ne pas savoir très bien combien elle a de frères et sœurs. *« Sa mère a quatre autres enfants qui ont tous été placés. Sort qui serait certainement aussi celui de Mychèle, si elle n'avait pas son papa. »* Ses parents vivent donc tous deux dans une grande précarité, légèrement atténuée par les prestations sociales. *« Mychèle est vive, drôle, intelligente, mais tout pourrait changer à l'adolescence. Peut-être qu'elle aura alors envie de se rapprocher de sa mère, de s'éloigner de son père »*, ajoute l'avocate, laissant sa mémoire vagabonder dans des dossiers similaires. Rien n'est gagné pour ce petit bout de femme qui avoue, pour l'instant, « ne pas trop aimer le catéchisme » mais « adorer le calcul mental » où, selon elle, elle est très forte. *« Quels seront les effets secondaires sur sa propre psyché d'une mère à la dérive ? Nul ne peut le prédire… »*

Mychèle a été entendue au tribunal de Boulogne-sur-Mer par le juge de la famille. Elle lui raconte de nouveau sa vie faite de petits bonheurs et de grands malheurs. L'audition aurait pu durer la journée, tant Mychèle avait envie de parler… Une rencontre importante, scellée par la petite fille avec un dessin fait tout spécialement pour le juge. À la fin de l'été 2018, tombe le verdict final : Mychèle n'ira plus dormir chez sa maman. Catherine n'a désormais plus qu'un simple droit de visite en journée, le samedi ou le dimanche.

Quelques jours plus tard, José vient chercher la décision de justice. Il est tard. C'est qu'il n'a pu passer qu'après l'école, car Mychèle voulait absolument revoir l'avocate de son papa. Il leur a fallu prendre le bus depuis leur commune de résidence, Saint-Étienne-au-Mont, banlieue de Boulogne-sur-Mer, bordée par la Liane, le fleuve côtier. Trente bonnes minutes de trajet. « Et après 19 heures, c'est terminé, des bus y en a plus », explique José. Fabienne Roy-Nansion propose donc de les raccompagner en voiture. Mychèle saute de joie : « Ouh ouh, oui super, on va dans ta voiture ! » Mais José, lui, refuse, rose de gêne et soudain mal à l'aise. « Pas question, Mychèle, on reprend le bus », tranche-t-il d'une voix ferme qui calme immédiatement la fillette. Juste avant de quitter le cabinet, cette dernière lance à l'avocate : « Au fait, je t'ai vue dans le journal l'autre jour ! » Le père et la fille repartent tranquillement à pied, main dans la main, Mychèle avec son petit cartable sur le dos.

Marine

« Je m'effondrerai quand j'aurai mis tout au carré pour la vie des miens. Ils n'ont plus que moi. » Si Marine est venue jusqu'au cabinet, c'est pour une demande bien particulière : une délégation d'autorité parentale sur sa petite sœur Mathys. *« J'ai tout de suite été impressionnée par cette jeune fille. On aurait dit un ange blond, Elle était lumineuse, le regard si clair. Pour moi, Marine, c'est une "sœur courage" comme on en croise, quelquefois, dans cette région où les accidents de la vie sont rarement bénins… »*

Marine a vingt-sept ans. Elle est la douce maman de Nola, six ans, et la grande sœur de Mathys, cinq ans. Marine élève les deux fillettes ensemble. Elle les emmène à l'école, joue avec elles, leur donne le bain, les nourrit et les câline tendrement avant de dormir. Bien qu'une génération les sépare, les petites grandissent comme des sœurs, fusionnelles. Marine doit aussi s'occuper de son frère de vingt ans, Antoine, laver son linge, écouter ses peines, le conseiller et le soutenir pour qu'il ne remise pas ses ambitions au placard. Marine est une mère de famille nombreuse. Ce n'est pas vraiment la vie qu'elle avait imaginée, ni pour elle ni pour sa fille. Après une enfance difficile, elle pensait avoir droit à une accalmie. À partir du moment où elle écrirait sa propre vie, tout irait mieux, elle se le répétait.

C'est l'armée de terre qui lui offre son premier ticket de sortie. Partir loin d'ici, échapper à Boulogne-sur-Mer où elle est née et à Neufchâtel-Hardelot où elle a grandi. Marine a dix-neuf ans. Elle quitte le Pas-de-Calais la tête légère et le cœur lourd. Elle laisse derrière elle photos et souvenirs. « Je ne voulais plus voir ce tableau de famille », confie-t-elle.

Celui d'une enfance gâchée par un père alcoolique chronique qui ne s'est jamais occupé d'elle. « Mon père a toujours aimé boire un coup, mais la situation s'est dégradée petit à petit. Le pire a commencé au tournant des années 2000, lorsque ma mère a pris un poste de veilleuse de nuit dans une maison de retraite. Pour arrondir les fins de mois, elle faisait aussi les saisons dans les restaurants, la plonge, le ménage. Mon père, lui, enchaînait connerie sur connerie. Souvent, il n'était pas en état de travailler. Il avait un poste d'électricien municipal. À douze ans, je faisais déjà le ménage chez nous pour aider ma mère. À seize ans et demi, j'avais un emploi de serveuse pour contribuer aux finances. On n'a pas eu de vie de famille à cause de lui. Mon père, pour moi, c'est un géniteur, c'est tout. Ma mère a voulu compenser ça. Avec mon frère, elle est devenue très fusionnelle. Mais moi, je n'ai pas été couvée », raconte-t-elle d'une voix atone à son avocate qui prend consciencieusement des notes. Un stylo, un papier, jamais d'ordinateur sur le bureau : il lui faut être au plus près de celle ou celui qui se livre.

Marine avoue qu'elle est plus heureuse à l'armée. « Ça m'a transformée, structurée », confie-t-elle. Elle qui, au lycée, avait rêvé de faire médecine se rapproche du domaine médical : elle devient secouriste-brancardière. Puis elle tombe amoureuse, et enceinte. Elle vit à Issoire dans le Puy-de-Dôme. Mais sa lune de miel avec le papa de Nola prend fin au bout de deux ans et demi. Elle se retrouve un peu isolée en Auvergne avec son enfant. Elle demande et obtient sa mutation vers Lille. Prise par son travail, elle laisse souvent Nola à sa mère, Valentine. Mais cela ne se passe pas bien : Nola réclame Marine, se mutile le visage. « À vingt ans et quarante-trois ans, on n'a pas la même façon d'éduquer les enfants, donc c'était compliqué pour nous toutes. On ne trouvait plus notre place, ma mère et moi », commente Marine. De plus, depuis son départ pour l'armée, il y a eu du changement dans la famille : les parents de Marine ont eu Mathys, en 2013. Mais en 2016, ils divorcent. « C'est moi qui ai poussé ma mère à se séparer de mon père. Il est allé plus mal encore après. Il est devenu SDF. On s'est démené pour lui au détriment de ma mère. Elle, elle était vraiment fatiguée par tout ça. » Sans emploi désormais, Valentine subsistait alors grâce aux prestations familiales, mais trente ans de vie avec un alcoolique auront raison de ses forces. Le 26 février 2018, elle est emportée par une crise cardiaque, à quarante-huit ans, sous les yeux de Marine.

Le drame est entré par la grande porte dans la vie de la jeune femme. La voilà seule pour assumer des enfants perdus. La mort de Valentine va laisser un grand vide, mais Marine ne s'autorise pas à pleurer. Il lui faut trouver vite une solution pour tout le monde. Elle abandonne son poste à Lille – « pour un petit moment », espère-t-elle. Il faut une nouvelle maison pour tout le monde. « Je me suis retrouvée à devoir vider deux logements, celui de ma mère et le mien pour emménager dans un autre, le trois-pièces où nous vivons tous maintenant. » À ce moment-là, elle songe à s'éloigner à nouveau du Pas-de-Calais, mais l'évidence la rattrape : « Ce n'était pas possible de déraciner Mathys avec le choc qu'elle venait de vivre. » Sa nouvelle vie doit donc s'écrire ici. Là encore, ce n'était pas ce dont elle avait rêvé. Mais elle n'a pas de temps pour les regrets, le rythme intense de sa grande famille reprend toujours le dessus : « Nous sommes dans notre petit monde et nous essayons de nous reconstruire. » Elle doit élever ces deux petites filles, et tout parent sait à quel point cela occupe l'esprit entier. « À cinq ans, mes filles débarrassent la table toutes seules ! » lance Marine, fièrement. Elle dit « mes filles » machinalement. Elle sent son instinct maternel très fort pour Nola. Son propre père, Marine continue de le croiser, de l'assister toujours un peu mais épisodiquement. « Mon père va mal, mais il refuse de se soigner. Je suspecte une cirrhose du foie… » Mathys aussi doit le voir un peu, mais Marine la protège d'une enfance comme la sienne. C'est justement pour pouvoir prendre les décisions les plus importantes pour sa sœur que Marine s'est lancée dans sa procédure. Qu'elle puisse, quoi qu'il arrive, être au côté de Mathys, comme une mère. « Ma mère aussi souhaitait que mon père soit déchu de ses droits parentaux », ajoute-t-elle.

Antoine, son petit frère, vient de réussir sa première année de BTS en mécanique. Il s'accroche. « Je le conduis à son stage tous les matins, je fais de la mécanique avec lui pour le motiver et lui montrer qu'il a raison d'y croire. Je veux leur donner goût à la vie et qu'ils s'en sortent tous. Les filles vont à l'école : même un peu chagrines, je les mets. Je ne voudrais pour au rien au monde qu'elles ratent cette chance. » Cette foi en l'avenir, grâce à l'école, n'est pourtant pas commune à beaucoup de parents ici. « Quand je suis revenue dans le Pas-de-Calais, j'ai eu du mal avec la mentalité. Je dois dire que je ne comprends pas ce qui passe dans la tête des filles de ma génération. Comment peut-on ne pas mettre ses enfants à l'école ? Comment font-elles pour ne pas vouloir aller travailler elles-mêmes ? » Marine se sent différente, presque étrangère à ce milieu qui est le sien. Elle a peur, d'ailleurs, de l'effet miroir sur ses filles, des mauvaises fréquentations. Elle fera tout pour les aider à ne pas se laisser entraîner. Et leur montrer que l'on n'a rien sans rien. « Très souvent, j'ai l'impression d'être d'une autre génération que les filles de mon âge. C'est comme si j'étais entrée dans un autre espace-temps. » Mais pour tenir, la jeune maman s'autorise des rêves pour elle aussi : « Je suis triste de devoir quitter l'armée, mais je voudrais bien devenir infirmière », avoue-t-elle, les yeux pleins d'espoir. Et puis peut-être un amoureux aussi. « Enfin, ça, ce n'est pas trop le sujet central en ce moment… » soupire-t-elle.

Durant tout son monologue, Marine n'a hésité sur aucun mot. Ses pensées, son phrasé sont clairs. « *Presque trop* », pense l'avocate qui, par habitude, cherche la faille chez cette jolie blonde. Marine marque un temps puis lâche : « Vous savez, ma maman, quand elle a eu son accident, je lui ai fait un massage cardiaque pendant plus de trois quarts d'heure… » Elle, la jeune secouriste de l'armée. C'est la première fois que Marine raconte cette scène terrible à quelqu'un. Elle ne sait pas très bien pourquoi elle a voulu ajouter ça. La chaleureuse écoute de l'avocate a libéré c s images enfouies. Elle ajoute : « Je sais qu'elle est partie en paix parce qu'elle savait que je serais là. » Valentine le supposait peut-être depuis quelques années, elle qui avait prénommé sa fille « Mathys Marine Nola ». Comme une prémonition qui résume à elle seule ce trio devenu inséparable aujourd'hui.

« Je suis fascinée par Marine parce que, malgré tout ce qui lui arrive, elle ne se plaint pas. En droit, on utilise l'expression "sui generis". *Pour moi, Marine, c'est exactement ça, quelqu'un qui surgit, qui est sa propre genèse, de sa propre espèce et que l'on ne peut comparer à d'autres. »* L'autorité parentale sur la petite Mathys sera finalement déléguée en totalité à Marine.

C'est au-delà même de ce qu'elle demandait. *« Au tribunal ce jour-là, le père était au bord de l'indigence. La jeune femme, elle, était toujours aussi lumineuse. Une nouvelle étape de sa vie commençait pour sa petite famille. »*

Marie

« Mais, Maître, c'éto del' faïence ed'Desvres ! C'est de là que je suis, Desvres, moi. J'y tenais, moi ! »

– *Oui mais, Marie, ce n'étaient quand même que des poignées de porte… Et les ampoules ? Pourquoi les ampoules ?*

– Bah tous les lustres, c'était à moi et comme j'arrivais pas à les enlever eh bein, j'y ai coupé tous les fils pour pouvoir les prendre. Ah bein, Maître, la dernière fois que je vous ai vue, vous m'avez dit de prendre tout ce qui était à moi dans la maison, alors… c'est ce que j'ai fait. Il n'y a que la cuisine où j'ai pas pu parce que tout était encastré, les meubles, le four, etc. Je lui ai laissé aussi son aquarium, ses DVD et puis… ma robe de mariée ! Pour mon premier mari, j'avais rien pris quand je suis partie. Alors cette fois-ci, je me suis dit, je prends ! »

Même si la situation est triste, l'avocate ne peut s'empêcher de sourire face à sa cliente dont l'accent cht'i se mâtine constamment de patois.

Son regard va de Marie, cinquante-quatre ans, rouge pivoine d'émotion, au constat d'huissier sur son bureau, arrivé par la poste le matin même. Les photos du rapport montrent une maison aux pièces vides pratiquement sans meuble, nulle part. En quittant le domicile conjugal, Marie a fait place nette ! Roy-Nansion n'en revient toujours pas. Elle accompagne sa cliente dans sa procédure de divorce depuis deux ans. Et de l'avis de tous, il était plus que temps pour sa cliente de quitter son époux. *« Il était violent et alcoolique. Elle risquait tous les jours sa vie. Elle vivait dans sa chambre, recluse, souvent tremblante de peur. Cette situation, devenue un enfer pour elle, devait absolument cesser ».*

« On s'est mariés en 2009, mais j'aurais jamais dû. À cette époque, il m'avait déjà empoignée (prise à la gorge), raconte-t-elle. Il me bousculait souvent, j'avais peur de rentrer chez moi le soir. Je savais tout de suite quand il était saoul parce qu'il me vouvoyait. Je lui disais : "Pourquoi tu me dis vous ? On est plusieurs ?" Un jour, il a pris son fusil et il m'a lancé : "Tu vois, il y a une cartouche dedans, elle sera pour toi, celle-là !" C'est pas des petites cartouches en plus, c'est pour tuer le sanglier ça… » En l'entendant raconter cette scène, le médecin du travail lui-même s'affole : « Madame, il est temps de partir. Il va y avoir un meurtre ! » se rappelle Marie. À chaque appel par vidéo Skype, son fils, militaire dans l'Est, né d'un précédent mariage, s'inquiète pour elle : « Je vois que maman a beaucoup changé depuis quelques mois. Mon beau-père semble constamment prêt à lever la main sur elle. Il est violent, agressif et boit trop », résume-t-il, alertant le voisin du couple pour qu'il garde un œil sur la maisonnée d'à côté.

Marie, auxiliaire de vie, qui n'arrive pas à joindre les deux bouts avec son salaire mensuel de 1 500 euros, pour près de douze heures de travail par jour, enfin osé pousser la porte du cabinet et avouer : « Je ne peux plus continuer comme ça ! » Épaulée, elle a alors lancé une procédure de divorce. C'était en 2016.

Un matin de novembre, elle a attendu que son mari parte au travail. Puis, le ventre noué, elle a fait entrer deux amis arrivés en camion de location Intermarché. En six heures de temps, ils ont embarqué tout ce qui lui tenait à cœur, vidant pratiquement la maison. « J'avais très peur ce jour-là, je stressais comme jamais… » confie-t-elle. Malgré l'urgence, elle a pris soin d'emballer soigneusement dans de petites boîtes rigides son bien le plus précieux : sa collection de clowns. « J'en ai plus d'une centaine. Aux toilettes, sur mon lit, dans une vitrine, ils m'accompagnent partout. J'ai commencé cette collection par hasard. Au Flunch de Saint-Martin-Boulogne, une personne sourde et muette en vendait. On lui donnait un, deux euros, ce qu'on voulait. Je me suis prise de passion pour ces personnages, j'ai fait les brocantes pour en trouver d'autres.

Mais c'est mon fils qui m'a ramené le plus beau. Ce clown est presque aussi grand que moi ! » lance-t-elle, des éclairs de lumière dans les yeux. *« C'est vraiment difficile de ne pas sourire avec vous ! »* lui lance Fabienne.

Clowns, lustres et poignées de porte chargés dans le camion, Marie sait qu'elle s'échappe enfin. Impossible pour le moment de penser à sa nouvelle vie. Elle a encore la peur au ventre. « De toute façon, je ne peux pas me laisser aller. Pour "mes personnes", je dois tenir le coup ! » lance-t-elle à son avocate qui s'inquiète de son moral avec tous les chocs qu'elle vient d'encaisser. « Ses personnes », comme dit Marie, ce sont les gens âgés dont elle s'occupe au quotidien. En moyenne, elle en visite quatorze dans la journée. Avec sa Citroën DS3 achetée à crédit, elle sillonne la campagne du Boulonnais dans tous les sens. Un rythme intense pour cette auxiliaire de vie qui ne laisserait sa place pour rien au monde. Cela fait dix-sept ans qu'elle exerce ce métier très physique. Dévoilant sa longue collection de photos stockées dans son téléphone, elle évoque Esmerie, cent un ans, puis Solange, quatre-vingt-seize.

Elle a des mots tendres pour parler du vieux Louis, « petit pépère ». Un lien indéfectible la lie à eux : « Ils ne voient personne de la journée. Alors vous pensez bien que quand j'arrive, il faut que j'aie le sourire, la pêche. Je les porte, je les bouge de leur lit à leur fauteuil, je les lave, je change leurs draps, mais je leur raconte aussi des histoires pour leur changer les idées. Ah, et puis, pour les faire rire, j'ai un truc qui marche à tous les coups : je leur mets une culotte sur la tête et je les prends en photo avec ! Regardez, Maître ! Ils ont l'air heureux, hein ? Dans ma nouvelle maison, j'ai mis leurs photos dans un très grand cadre. Comme ça, elles sont toutes avec moi, mes personnes. » Et sa présence leur fait beaucoup de bien. Aussi, quand elle s'absente pour quelques jours de repos, ses personnes tombent malades une à une : « La dernière fois, c'est Louis qui n'allait pas bien du tout pendant mes congés. Il me disait que j'étais "son soleil". J'ai aussi dans mes personnes une mère et sa fille qui ne font plus de dépression depuis que je vais les voir. Elles me réclament sans cesse et re-dépriment quand je ne suis pas là », raconte-t-elle en souriant.

On la sent prête à confier encore quelques anecdotes sur les uns et les autres, mais elle se contient. « Allez, je vais pas vous embêter à vous raconter toutes mes histoires », conclut-elle. *« Mais vous ne m'embêtez pas du tout, Marie ! »* s'insurge l'avocate, les yeux humides. Marie, la petite auxiliaire de vie qui veut toujours faire rire, est extrêmement gênée. Elle tripote nerveusement son long pendentif en métal doré dans ses mains. « Vous savez, je peux pas vous cacher que je pleure souvent. Mais que sur les trajets, quand je suis dans ma voiture. »

Vingt-quatre ans de vie commune avec son précédent mari n'avaient pas vacciné Marie contre les hommes et leur violence. Pourtant, il l'avait menacée avec couteau sous la gorge et fusil. « J'étais pas heureuse, j'ai fait une tentative de suicide quand mes enfants étaient petits. Mon premier mari avait très mauvais caractère et c'était un joueur, au poker, au tiercé. J'ai découvert qu'il avait des dettes faramineuses ! » se souvient-elle. Elle regarde l'avocate en esquissant malgré tout un petit sourire. Mais le clown triste poursuit : « Vous savez, Maître, une nuit j'étais vraiment partie pour le tuer. Et puis, j'ai pas pu. Alors j'ai pris mon chien et je suis partie. J'ai voulu dormir dans ma voiture, sur un parking à Wimereux ; mais comme je suis froussarde, je suis revenue. J'ai dormi sur le canapé et j'ai demandé le divorce. » Et aujourd'hui, malgré tout ce qu'il lui a fait subir, et alors qu'il lui disait qu'elle avait un cœur de pierre, elle continue de fleurir régulièrement sa tombe d'œillets. « Je ne peux pas me résoudre à ce qu'il soit mort. Il a eu un cancer, mais j'ai l'impression de l'avoir tué avec notre divorce et mon remariage. Si j'avais su, je serais restée avec lui. Avec le fou d'après, c'était bien pire encore », murmure-t-elle d'une voix faible. Deux de ses fils ne lui ont pas pardonné la mort de leur père et son remariage. « Ils disent que tout est de ma faute et ne me laissent même plus voir mes petits-enfants… »

La soirée se termine, Marie doit signer les papiers que son avocate a préparés pour assurer sa future défense : son deuxième mari demande un « divorce pour faute » parce qu'elle lui a laissé la maison complètement vide. « Allez, Maître, faut que j'y aille, je dois encore passer chez des gens soigner une brûlure ! » lance Marie. L'avocate lève sur sa cliente des yeux ronds comme des billes. « Bein oui, je suis rebouteuse, quoi ! C'est une dame hémiplégique qui m'a transmis son don. Je mets mes mains sur les brûlures, puis je fais trois signes de croix et une prière bien particulière dans ma tête. Et hop, les brûlures s'en vont ! » continue-t-elle de raconter jusque sur le pas de la porte. Ce soir-là, sur la route du retour, Fabienne pensera : *« Dommage qu'il n'y ait pas de féminin pour le mot clown… »*

Remerciements

Merci à David André, Jean-Michel Décugis, Stéphane Durand-Souffland, Éric Dussart, Jacques Kébadian, Michel Mary et Sophie Ricard.

Merci à Marie-Hélène Calonne.

À Hervé Vlamynck.

À Éric Dupond-Moretti.

À Stéphanie Marteau.

À la mairie de Boulogne-sur-Mer.

Table des matières

Ouvrage proposé par :
Stéphanie Marteau

Direction littéraire :
Denis Bouchain

Composition

PRESS·PROD

CET OUVRAGE
A ÉTÉ ACHEVÉ D'IMPRIMER
SUR ROTO-PAGE
PAR L'IMPRIMERIE FLOCH
À MAYENNE EN JANVIER 2019

Imprimé en France
Dépôt légal : janvier 2019
N° d'impression : 93806
ISBN : 978-2-7499-3699-4
LAF 2592